1º reimpressão

DEUS CRIOU PRIMEIRO UM TATU
CRÔNICAS DA MATA

Yvonne Miller

ABOIO

DEUS CRIOU PRIMEIRO UM TATU
CRÔNICAS DA MATA

Yvonne Miller

À Floresta.
E a todos os seres e espíritos
que dela cuidam.

Prólogo 11

I Cheiro de terra nova ao sol
Partiu! 17
Conhecendo as áreas 19
Tem de tudo neste mundo 24
Novata na mata 27
Zoológico dendicasa 28
Bicho irado 31
Logo um unicórnio! 33
O Pará em Pernambuco 35
Que exótico! 38
Habemus cachorro! 40
Boa-praça 44

II Com gosto de cajá
Bolha verde 48
Águas de março 50
Se o Luciano soubesse 51
Triátlon com cobra 53
Socializando com tutu 56
Emergência veterinária 58
Eis a pergunta 61
Pergunta retórica 64
Monterroso no mato 65
O que é, o que é? 66
A irmã da mulher do caseiro 68
Chico mauricinho 72
A morte de Bárbara Schneider 74
O lado *Dark* de Aldeia 76

III Tempos de chuva e chumbo

Alma mofada 82

Peixe atolado 84

Rua feito rio 87

Inverno 89

A marcha fúnebre dos pássaros 90

Acauã cantou 91

Cobra coralinha 95

A moral da história 97

Aldeia dos Camarás 98

Intrusos 102

De morte natural 104

Ela, enroladinha 106

O último lance 110

A arte é longa 113

IV Ipê-amarelo

Mantra 116

Superação 118

Vovô flui no fundo do quintal 120

Olha onde você pisa 121

A luta do bem-te-vi 122

Reencarnação 124

Coisas da Yvonne 125

Bicho que dá medo é galinha 126

Rabinho de arco-íris 128

Máximas da mata 129

Ciclos 130

Epílogo 133

Agradecimentos 137

Prólogo

Fortaleza, 2019: nos fundos de uma casa antiga, um quintalzinho ensolarado. É agosto, época dos ventos. Ventos suaves que trazem um cheiro de mar, mas são barrados pelo muro alto que cerca o terreiro. Do lado de fora, os barulhos da cidade, motores, buzinas, alguma obra, vendedores ambulantes. Do lado de dentro, descalça, vestida de short de praia e biquíni, transfiro o peso de um pé a outro. Aguardo, sem saber o que me espera. À minha volta, por longos minutos, um cachimbo passa de mão em mão. São uns quatro, cinco homens Fulni-ô, vestidos de bermuda e camiseta, sentados no chão. A fumaça paira no ar, sobe, faz meus olhos lacrimejarem. Finalmente, o pajé se levanta devagar: com uma cuia, derrama água misturada com folhas sobre meu corpo seminu. Face, ombros, braços, tronco. Ao meu redor entoam um canto, palavras misteriosas numa língua sagrada, batidas de pés no chão. As gotas me percorrem, desenhando rastros de ervas sobre minha pele clara. Uma nuvem encobre o sol, e num arrepio fecho os olhos. Ao abri-los, silêncio.

— E essa pergunta que você carrega?

Não sei como ele soube. Mas é por isso que estou aqui, quase só pele nesse pátio de concreto. Há mais de um ano, uma mesma pergunta circula pela minha cabeça e me faz perder o sono:

— Qual é o meu lugar na luta?

O olhar profundo me atravessa. Ele cala, pondera, reacende o cachimbo. Passam-se minutos outra vez. Depois, retoma a palavra:

— Acho que você anda perdida.

— Perdida de quê?

Devagar, ele deixa escapar a fumaça pela boca e devagar faz a provocação:

— De você mesma. Não é?

E antes que eu possa dizer qualquer coisa, continua:

— Precisa ir à floresta. Se conectar com a natureza. Assim, você vai se encontrar e encontrar sua resposta.

Cinco meses mais tarde, eu fui.

I

CHEIRO DE TERRA NOVA AO SOL

Partiu!

Mudança tem esse algo. Algo de gostoso, de novidade, de recomeço. Algo mágico. Casa nova com paisagens novas atrás das janelas, quartos novos, lugares novos para os armários, estantes, quadros e plantas de estimação. Aproveita-se para desempoeirar os livros e os discos, doar roupas que não se usam desde a última mudança, consertar enfim aquela rede para colocá-la na varanda nova. Já me vejo lá, num suave balanço sob o sol ameno da tardinha, um livro no colo, paz no coração. Mas antes, o caminhão atrasa, os móveis pesam, o elevador ruge, a síndica reclama, o gato enlouquece, a garagem lota de móveis, os vizinhos perguntam:

— Indo embora?

— Sim! — respondemos Larissa, Morena e eu em uníssono.

— Que pena! E pra onde vão?

— Aldeia dos Camarás, no interior de Pernambuco.

De repente, todo mundo conhece Aldeia; já fez um retiro espiritual por lá, passava as férias de infância lá, tem uma tia distante que mora lá, já pensou em comprar um lote por lá, e todos acham lindo lá.

Finalmente o apartamento está vazio, o céu sobre Fortaleza apaga, as luzes nos prédios acendem, o fluxo nas ruas aumenta, a movimentação de sexta-feira à noite começa. Pela janela entram vozes e música, o barulho de motores, buzinas, xingamentos. Nos esforçamos para dormir nos colchões infláveis no meio da sala nua e após poucas horas acordamos de novo. Ainda antes do amanhecer colocamos o gato – não sem protestos – na caixa de transporte, a caixa no carro, nos despedimos do mar que ainda dorme no horizonte, e pegamos estrada. O sol nasce, se levanta e se põe, e nós continuamos rodando. As onze horas do trajeto segundo o Google Maps tornam-se catorze. Mas finalmente chegamos.

Outra vez colchões infláveis numa sala nua. Pelas janelas entra o ar fresco da noite, o canto das cigarras, o cochicho do vento entre as folhas, o murmúrio do igarapé no fundo do quintal. Vaga-lumes na escuridão. O gato, emburrado, não quer sair da caixa.

Tadinho – não entende a magia das mudanças.

Conhecendo as áreas

Ainda bem que a gente se mudou logo no início de janeiro! Assim, Morena tem quase um mês inteiro para se aclimatar antes das aulas na escola nova começarem, e Larissa também pode curtir uma semaninha de férias no verão pernambucano. Temos aproveitado então esses dias para conhecer melhor o condomínio. Entenda-se o plural no sentido de "Larissa e eu temos aproveitado..." porque a adolescente da casa parece ter entrado num tipo de simbiose aguda com o quarto dela.

Depois do café da manhã na varanda – cará com manteiga derretida –, calçamos mais uma vez os chinelos e atravessamos o jardim com sua grama ainda úmida de orvalho. A ruazinha de terra batida está deserta; provavelmente somos as primeiras a pisar nela hoje.

— Esquerda ou direita?

Escolho a primeira opção, o trecho da rua sem casas que, após uma caminhadinha de dez, quinze minutos, vai dar no açude menor. Os primeiros raios do sol se filtram pela folhagem ao nosso redor quando descemos a pequena ladeira perto de casa. Inspiramos o ar fresquinho da manhã com cheiro de terra e plantas. De um lado, floresta. Do outro, uma área de várzea com suas gramas altas. Borboletas azuis e amarelas entre os caules verdes. Um sapo solitário. Lá atrás passa o riacho que, segundo um vizinho, alimenta o rio Capibaribe que, por sua vez, alimenta o Oceano Atlântico. Sei não, viu. Pernambucano gosta de ostentar... Tem até uma cidadezinha no interior do estado que eles chamam pomposamente de "a capital do forró". E eu, meio alemã e meio cearense de coração, obviamente sei que a verdadeira capital do forró é Berlim. Mas esse é outro assunto e, de todas as formas, o vizinho ainda deve estar dormindo.

Os olhos da Larissa varrem o chão em busca de cobras. Mas hoje não teremos essa sorte (ou esse azar – dependendo a qual de nós você perguntar). Estalos no bambuzal. De noite, o espaço entre as varas fica cheio de vaga-lumes com seus pisca-piscas. Onde estarão agora? O farfalhar do vento nas folhas compridas. O canto de um sabiá. Outra ladeira, subindo. Paralelepípedos. Depois terra de novo. E raízes, pedras e jacas caídas. O ar carregado do cheiro doce delas, sua carne branca exposta – uma festa para as abelhas. A paisagem mudou: agora é mata dos dois lados. No fim da rua, uma bifurcação. O ladeirão à direita nos levaria à parte alta do condomínio e à portaria; a rua do lado esquerdo – conhecida como Alameda dos Gatos –, ao açude menor. Aqui já tem casas novamente e, ao lado, uma árvore pequena, carregada de frutos vermelhos espinhentos.

— Já brincou de batom de urucum? — pergunta Larissa ao mesmo tempo que abre uma das casquinhas. E, percebendo que não sei do que está falando: — Não teve infância!

Com os lábios avermelhados e gostinho de colorau dobramos à esquerda e detemos a respiração. Alameda da Latrina dos Gatos seria mais apropriado. Depois desse trecho, percorrido às pressas, deixamos atrás o mau cheiro e chegamos à casa do pequeno chato. Falando do rei de Roma: lá vem ele, correndo, latindo. Descemos a ladeirinha de onde já se vê o açude, sem ligar para a tentativa do cãozinho de nos assustar com seus dentinhos ridículos. No fim das contas, a melhor atitude com os pequenos chatos é ignorá-los. Mas os cachorros das casas vizinhas não seguem a mesma política: graças ao microcão já estão sabendo que tem gente na rua e começam uma competição de quem-late-mais-alto. Logo mais somam-se aos latidos caninos os berros humanos tentando silenciar Bobby, Bruce ou Cabeção. E pronto. Se alguém ainda estava dormindo num domingo às sete e pouco da manhã, agora já era.

O lago, pelo menos, repousa tranquilo entre as árvores que o rodeiam. Um resto de neblina paira sobre as águas lisas. Caminhamos em silêncio pela beira até chegarmos ao lugar onde três tábuas formam uma pontezinha sobre um riacho que aqui deságua no açude. Do outro lado dela começa a trilha. É tão estreita que temos que andar uma atrás da outra. Logo no início reparo numa teia de aranha com fios grossos como linha de coser. Qual será o tamanho de uma aranha que produz fios dessa espessura? Não sei, só sei que nessa hora a dona da teia não está em casa – o que é pior, porque agora fico me perguntando ao longo do caminho todo onde ela estará. Tento acalmar minha imaginação para desfrutar da paisagem à minha volta: do lado direito, a superfície do lago brilha entre as árvores; do outro lado é mata densa até onde o olho enxerga. Vez ou outra ouvimos o barulho de uma jaca estatelando-se no chão. Isso me lembra de uma conhecida minha da Alemanha que morria de medo de viajar para países tropicais: tinha certeza de que cedo ou tarde um coco ia cair na cabeça dela. Estou começando a não achar mais tão absurdo... Fazer jaca, manga, coco e afins crescerem nas alturas em que crescem deve ser mesmo algum tipo de piada interna das Deusas da Natureza. A gente que lute.

O sol já está esquentando o ar quando, uns dez minutos mais tarde, saímos entre as árvores e pisamos de novo na rua. Agora nos encontramos diante da última casa do condomínio. Poderíamos, como fizemos ontem, completar a volta ao açude e enfrentar novamente o pequeno chato no topo da sua ladeira, ou...

— Olha só — diz Larissa nesse instante. — Parece que dá pra ir por aqui.

Verdade. O condomínio é tão grande que a cada passeio descobrimos coisas novas. E hoje é uma pequena vereda ao lado do último lote. Avançamos curiosas entre troncos e folhas, nos assustamos com aranhas coloridas, achamos uma pequena bica escondida no meio do mato e enfeitada com azulejos, vamos subindo e subindo até que finalmente – surpresa! – saímos na parte alta do condomínio.

Agora já nos encaminhamos para o fim do nosso circuito. Aqui e acolá paramos numa pitangueira ou num pé de acerola e logo mais continuamos andando, mastigando as frutinhas agridoces. Depois de passar pela última casa da parte de cima, descemos pela ladeira principal. Nenhum carro, nenhuma moto à vista. Só um engarrafamento de quatis no bambuzal. Beiramos o açude maior com sua placa vermelha: "Cuidado, jacaré!". Pela primeira vez no passeio de hoje, vemos um outro ser humano: um homem está remando em pé no meio do lago. Ou ele está errado, ou a placa. Por via das dúvidas, optamos pelo banho de bica para finalizar a caminhada. Descemos as escadas, sentamo-nos no chão de pedra e deixamos a água clara do açude cair em cabeça, nuca, ombros. Temos feito isso todos os dias desde que chegamos, e todos os dias tenho tido o mesmo pensamento: aqui é o paraíso. A paisagem à minha volta é tão linda que mal dá pra acreditar, o sol do verão está aquecendo minha alma, e estou recebendo uma massagem de cachoeira. O que mais poderia almejar?

Por fim, atravessamos a área de lazer com seus quiosquezinhos para churrasco e o campo Mata-o-Veio. Ainda quero descobrir como foi que ganhou esse nome. Duas horas depois de sairmos, dobramos de novo na nossa rua, desta vez pelo outro lado. Voltamos pra casa molhadas e felizes. Por enquanto sem incidentes com jaca, manga, coco ou afins.

Tem de tudo neste mundo

Dei altas gargalhadas quando vi pela primeira vez o termo "condomínio horizontal". Era final do ano passado, antes da mudança, e estávamos lendo o contrato de aluguel da casa daqui. Larissa não entendeu como podia um texto jurídico, isento de graça por natureza, me causar tanta diversão:

— É um condomínio de casas, ué. Se chama horizontal porque não é um prédio, como este.

— Então este daqui é um condomínio vertical? — ironizei.

— Exatamente.

Moro no Brasil há anos, mas as surpresas ainda não se esgotaram. Condomínio horizontal, quem diria! Foi só depois da gente se mudar para o Bosque Águas de Aldeia que entendi na prática do que se trata: um vilarejo murado com portaria. Simples assim. E neste daqui ainda tem algumas características especiais, a começar pela divisão geográfica.

Tem a parte de cima, perto da entrada, que conta com área de lazer, quadras de vôlei, campo de futebol, restaurante, salão de jogos, piscina, espaço de pilates, um café e uma palhoça que nos sábados à tarde serve de igreja. E tem a parte de baixo, longe da portaria, com sua quadra de vôlei, seu campo de futebol e churrasqueiras comunitárias, além de dois açudes, bicas, um riachinho que passa por trás da nossa casa, trilhas e, sobretudo, árvores, árvores e mais árvores.

Estamos morando aqui há pouquíssimo tempo, mas já deu pra perceber certa rixa entre o povo de cima e o povo de baixo. O povo de baixo acha tudo mais bonito e especial por lá. E como moradora de baixo, tenho que concordar. Qual seria a graça de morar afastada da cidade, mas ao mesmo tempo num lugar cheio de casas, muros, carros e gente em tudo que é canto? Se for pra ser no interior, prefiro interior valendo: rodeada de plantas e bichinhos, longe da suposta civilização e sem outras casas à vista. Acordar com o canto dos pássaros em vez da buzina do vizinho. Já o povo de cima arregala os olhos quando comentamos que moramos embaixo. "Nem sabia que tinha casas lá", se surpreendem alguns. "Vocês não têm medo, não?", perguntam outros. Medo de quê, eu não sei. Acho que nem eles sabem. Medo do medo, talvez. Ou de sapos. Você já percebeu quanta gente tem medo de sapos? Se for por isso, realmente é melhor ficar na parte de cima. Só dizendo...

Outra peculiaridade diz respeito às duas bancadas existentes na câmara de moradores: a bancada felinista e a bancada antifelinista. Dizem as más línguas que os felinistas vivem pegando gatos de rua fora do condomínio para soltá-los aqui dentro. O assunto está em alta no grupo de WhatsApp *Bosque News*. Os ânimos, fervorosos. Quem acorda com vontade de brigar abre o chat e joga um "Apareceu um gato novo aqui". Pronto. Uns querem mapear todos os felinos que já tem na área, outros querem construir um gatil, outros não querem gastar com isso porque "os gatos não deveriam nem existir dentro do condomínio". Para amenizar as brigas, uma moradora-veterinária se ofereceu para castrar geral, mas alguém teria que pegar e levar os gatos até ela. Ninguém se candidatou. Uma pequena minoria de fanáticos antifelinistas exige medidas "mais drásticas". Faz pouco tempo, o gato da nossa vizinha morreu envenenado. Ela culpa os extremistas do grupo de WhatsApp. Até agora, ninguém assumiu a responsabilidade. O processo corre na justiça.

Claro que também tem as particularidades de cada um: o casal que transformou a piscina da casa num centro de acolhimento para tilápias, o senhor que todas as tardes pedala pela rua principal – sempre em linhas onduladas –, o policial que quer armar a ronda, o morador que exige o monitoramento da entrada e saída de cobras, o menino-encantador--de-rãs, o homem que, toda vez que passamos na frente da casa dele, está nu tomando banho de mangueira no jardim, o funcionário que trabalha cantando, a jardineira fãzona do Corinthians. E aquela gringa da casa amarela que se inspira nisso tudo para escrever suas crônicas.

Tem de tudo neste mundo. E aqui no Bosque Águas de Aldeia – Bosque, para os íntimos – não é diferente. Aliás, parece mesmo que é um microcosmo, uma minissociedade entre muros e com portaria. Tanto lá fora como aqui dentro tem gente pra tudo. Só falta alguém inventar um condomínio diagonal.

Novata na mata

Segundo dia no trabalho novo, e Larissa chega atrasada para uma reunião.

— Desculpa, gente, é que tinha uma preguiça!

A colega, bem compreensiva:

— Imagino, você acabou de chegar, ainda deve estar cansada pela mudança...

— Não, mulher! Uma preguiça! Um bicho-preguiça, bem ali no meu jardim!

— Ah, tá. — A outra volta sua atenção para a pauta do dia. — Não se preocupe, logo mais você se acostuma.

Pior assim.

Zoológico dendicasa

Morena fica jogando a bola de tênis contra o teto da sala, enquanto eu aguardo em pé no balcão da cozinha. Vassoura em riste, estou preparada para lançá-la aonde for necessário, quando Larissa pergunta:

— Foi você quem colocou arroz nos sapatos?

Mas peraí, você deve achar que esta é uma crônica nonsense ou que eu comi um dos cogumelos coloridos que crescem aqui no meio do mato – ou as duas coisas juntas. Então melhor começar do começo:

Estávamos preparando a janta, quando de repente Morena olha para cima e solta um "Eita!". Uma aranha grandona e peluda no teto da cozinha, bem em cima da gente. É a segunda vez que vejo uma caranguejeira. A primeira foi um dia desses na casa dos vizinhos: de noitinha, a bichona simplesmente entrou pela janela e ficou lá, mó tranquilidade, fazendo contraste com a parede branca. Estava na casa dela, pelo que parecia. Não sofro exatamente de aracnofobia, mas as aranhas desde sempre me causam um misto de nojinho com medinho. Peludonas como essa então... Mas a vizinha nem se alterou. Ao perceber sua presença octópode na sala, só comentou com um tom meio divertido:

— Olha só, mais uma — ...e pediu para a filha retirar "a bichinha" dali, antes de continuar falando alguma coisa sobre antroposofia que fui incapaz de captar. Petrificada na poltrona, eu ainda não tinha me recuperado do "mais uma" – ou seja, quantas por semana? – e agora observava como a menina de onze anos pegava uma vasilha da cozinha, colocava-a sobre a "bichinha" – do tamanho da minha mão –, enfiava um papel entre a parede e o pote, virava-o e atravessava a casa todinha para levar a aranha e soltá-la no mato. Tudo isso sem mostrar o menor sinal de desconforto. Uns encerram o dia assistindo séries, outros com yoga ou meditação, e Raissa carrega caranguejeiras de lá pra cá.

E agora a bichinha está na nossa cozinha. Chama a Raissa, é o primeiro pensamento que passa por minha cabeça. Mas já são dez da noite e duvido que a mãe, por mais antroposófica que seja, concorde em tirar a menina da cama para apanhar aranhas em casas alheias. Então é nós! Morena faz que nem a filha da vizinha e pega uma vasilha de sorvete no armário. O problema é que o truque da Raissa só funciona com a aranha quietinha na parede, já no teto fica difícil. Teto bem alto, inclusive – o pé-direito deve ser de uns cinco ou seis metros... Já sei, a vassoura! Mas só isso também não adianta. Para chegar perto dela tem que juntar o balcão da cozinha, mais meus 1,68 metros de altura, mais meu braço estendido, mais a vassoura. Mesmo assim ficam faltando uns centímetros. E a bichinha também não é besta. Com um dos seus dez olhos já deve ter percebido a movimentação e se posicionou num ponto estratégico atrás do lustre. Então só nos resta esperar que saia dali para derrubá-la com a vassoura e, com ela no chão, aplicar o truque da vasilha.

É nesse momento que Morena percebe que a aranha não é a única visita ilustre da noite: numa viga no teto da sala, meio camuflado com o marrom da madeira, um morcego achou o lugar perfeito para dormir o sono dos pendurados.

— Ah, não! Morcego dentro de casa não rola! — sentencia Larissa, já a caminho da despensa em busca de algum objeto com que possamos espantá-lo. Volta com uma bola de tênis que Morena logo começa a jogar contra o teto, enquanto eu ainda estou em pé no balcão da cozinha, com a vassoura na mão e esperando o momento em que a caranguejeira resolva sair do seu esconderijo. É quando Larissa pergunta:

— Foi você quem colocou arroz nos sapatos?

— O quê?

Só pode ser um problema de comunicação ou algum desentendimento intercultural. Nunca se sabe quanto a esses últimos... Sendo assim, desço do balcão e sigo minha esposa até a despensa. Realmente: nossas sapatilhas de escalada – sem previsão de uso e por isso jogadas na caixa da bagunça – estão cheias de arroz. Só que não. Arroz não sabe nadar. E esse daqui flutua que é uma beleza na água do balde onde agora imergimos os sapatos.

Enquanto Larissa e eu aprendemos na prática que formiga adora pôr ovos em calçado, Morena confirma sua teoria de que não tem jeito com bola, o morcego continua mimindo tranquilamente no teto da sala, a aranha aproveita a distração de todo mundo para sumir, e a janta... vixe, queimou!

Bicho irado

— Mãe, Yve, venham rápido!

— O que que é, Morena?

— Tem um bicho muito irado aqui!

"Bicho irado" virou expressão mágica desde que moramos praticamente dentro da floresta. Em menos de cinco segundos estamos na varanda ao lado da Morena.

— Cadê?

— Bem aí, nessa árvore branca. — Ela aponta para a embaúba a uns cinco metros da gente. Mas eu só vejo um esquilo, cinza e maguinho, subindo o tronco em espiral.

— Não tô vendo...

— Eu vi, eu vi! — exclama Larissa, eufórica.

— Onde??

— É que ele não para quieto. Nossa, ele é muito elétrico! Olha, aí está de novo.

— Ahhh, que fofo!!! — Morena dá uns pulinhos de felicidade. Eu continuo sem ver.

— Mas onde? Embaixo ou em cima do esquilo?

As duas arregalam os olhos:

— Caraca, isso que é um esquilo? Preciso ligar para meus amigos de Fortaleza. Eles vão ficar doidos de inveja! — diz Morena antes de correr para dentro de casa.

Larissa também pega o celular:

— Vou contar pra minha mãe. Ela não vai acreditar!

Agora quem arregala os olhos sou eu: ou seja, o "bicho irado" não era mais do que um simples Eichhörnchen. Provavelmente o animal que mais tem na Alemanha, até nos parques das cidades grandes. E esse daqui ainda meio esquálido e certamente não o representante mais bonito da categoria. Irado mesmo!

Mas não posso julgar. Lembro da primeira vez que – pouco depois da minha mudança para o Brasil – vi uma formiga de verdade. Estávamos fazendo trilha no Garrote, perto de Fortaleza, e eu estava indo à frente. Quando aquele monstro atravessou meu caminho, soltei um grito que fez todo mundo pensar que estava sendo engolida por uma jiboia ou atacada por uma jaguatirica. É que as formigas berlinenses são praticamente invisíveis de tão pequenas... Então vou nem falar nada sobre o esquilo. Não vou. Não vou...

Logo um unicórnio!

Cada vez estou mais convencida de que Aldeia é um lugar muito especial. Aldeia-interior-de-Pernambuco, Aldeia-Mata-Atlântica, Aldeia-Área-de-Proteção-Ambiental, Aldeia--provavelmente-o-lugar-mais-próximo-do-paraíso-que-existe-na-face-da-Terra. Pra você ter uma ideia: olho pela janela do quarto e vejo um mar de árvores. Atravesso a ruazinha de terra batida em frente de casa e estou na floresta. Tomo café na varanda, enquanto ao meu lado a fauna brinca pela flora.

Como cria de cidade grande, nunca tinha visto tamanha variedade de animais fora do zoológico. Capivara, cutia, timbu, sagui, porco-espinho, quati, raposa, gavião, bem-te-vi, pica-pau, tucaninho, beija-flor, galinha-d'água, cágado, lagartixa, cobra coral, cipó, salamanta e cascavel, caranguejeira, bicho-preguiça, esquilo, tatu, teju... – supostamente tem até um jacaré no açude no final da rua. E dos bichinhos menores é melhor nem começar a falar: as elegantes libélulas, borboletas azuis, lagartas-de-fogo em todas as cores, bicho-pau, arlequim-do-mato... E tem cada besouro esquisitaço! Eu poderia escrever uma crônica sobre cada um desses bichinhos. Inclusive, muitos deles já têm nome: Miguel, a lagartixa; Brenda, a preguiça; Gustavo, o teju; Josué, o Jacaré; Rãmunda, a... Bom, não vamos nos deter com obviedades. Fato é que eu poderia escrever uma crônica sobre qualquer um deles. E lá vem minha editora e me pede "algo com unicórnio". Logo um unicórnio – provavelmente o único animal impossível de encontrar aqui!

— Mas você não disse que mora num lugar mágico? — ela insiste.

Bom, wo sie recht hat, hat sie recht...

Pego, então, meu caderno, prendo o cabelo com a caneta, e parto em busca da minha próxima crônica. Do outro lado da rua, encostado num tronco e fumando cachimbo, o Saci acena para mim. Cumprimento-o de volta e resolvo tentar minha sorte. Vai que, né?

— Oie! Por acaso você tem visto algum unicórnio por aqui?

O Saci me olha como se eu fosse de Marte:

— Logo um unicórnio? Eu, hein!

O Pará em Pernambuco

— Para, para, para!

— O que foi? — Larissa me olha de lado sem diminuir a velocidade.

— Pupunha! Ali tinha pupunha!

— Como assim? Aqui? — Ela ainda duvida, mas agora pelo menos tira o pé do acelerador.

Estamos morando há poucas semanas em Pernambuco e estamos repetindo diariamente como é bom morar na Zona da Mata, e como o olho não cansa do verde e como é maravilhoso ter um pé de pitanga no jardim e outro de cajá subindo a rua e um de caju descendo, além de incontáveis mamoeiros, mangueiras e jaqueiras espalhados em tudo quanto é lugar. Inclusive as ruas do condomínio levam nome de árvore: Alameda dos Cedros, Alameda das Cerejeiras, Alameda dos Eucaliptos... Não que numa dessas ruas tenha realmente cedros, cerejeiras ou eucaliptos, mas essa é outra história. O que acontece é que estamos há algumas semanas curtindo a flora e a fauna da mata e esta é nossa primeira saída pra praia. Depois de cansar da muvuca em Porto de Galinhas, resolvemos estender o passeio para a famosa Praia de Carneiros. E é nesse caminho que acabei de ver aquelas frutas típicas paraenses na banca de um senhorzinho à beira da estrada.

Agora Larissa está fazendo uma volta de 180 graus.

— Deve ter sido outra coisa...

Mas ao se aproximar da banca, ela pestaneja, incrédula:

— Boa tarde! Isso aqui é o quê? — Pela janela aberta, ela aponta para os cachos carregados de frutas vermelhas-ama-relas-alaranjadas em cima da mesa.

— Opa! É pupunha. Conhece não?

— Conheço, sim. Eu sou paraense!

Ele olha da pupunha para a gente e da gente para a pupunha, sem entender.

— A pupunha é do Pará, né — a Larissa acrescenta.

— A pupunha? Do Pará? É não, minha fia, é daqui.

— A pupunha? De Pernambuco? Ora mais!

Já sei onde esse diálogo vai terminar, ou, melhor, sei que não vai terminar nunca. Intervenho:

— Vamos levar dois cachos e simbora!

Mas nenhum dos dois parece me ouvir. Vinte minutos mais tarde finalmente continuamos nosso caminho, no banco de trás cinco sacos cheios de pupunha e uma mudinha – "Pra você ver como cresce aqui!". A estrada se desenha em curvas suaves pela paisagem verde, poucas vezes cruzamos com outros carros, aqui e acolá passamos por alguém vendendo frutas ou água de coco. O céu está um escândalo de azul, o sol quentinho, no celular toca um reggae e a gente está indo pra praia. O dia não poderia ser melhor. De repente:

— Para, para, para!

Desta vez, Larissa puxa logo o freio de mão.

— Cupuaçu — digo, sem mais explicações, enquanto ela já volta de ré até a barraquinha improvisada ao lado da pista.

Nos próximos vinte minutos, se repete o mesmo diálogo de antes, trocando "pupunha" por "cupuaçu". Quando finalmente chegamos a Carneiros, encontramos a praia toda privatizada, sem acesso, a não ser pelo estacionamento de um hotel que cobra vinte reais só para deixar o carro. Seguimos para Tamandaré, do ladinho. Uma praia de areia branca, águas turquesa e orlada por coqueiros; menos badalada e provavelmente mais bonita do que a tão comentada vizinha. Matamos a saudade do banho de mar, do cheiro do protetor solar e do gosto de sal nos lábios, da água de coco e do caldinho de sururu até o sol baixar. Então entramos de novo no carro e voltamos para casa. Ainda achamos, a meio caminho e sem poder acreditar, uma casa de farinha.

— É o Pará em Pernambuco — comenta Larissa. — Encontramos o paraíso!

Na manhã seguinte, domingo, enquanto o pavê de cupuaçu esfria na geladeira e o açaí pro almoço descongela na pia, arrumamos a mesa na varanda. Como é bom tomar café com pupunha olhando para a mata!

Que exótico!

Toda vez que vejo um bicho exótico novo – exótico e novo na minha perspectiva eurocêntrica –, tiro uma foto e mando para minha família na Europa Central a modo de convite. Lá, as pessoas não estão acostumadas com aranhas peludas, saguis abusados ou lagartas coloridas que parecem ter sido tiradas de uma obra de Dalì. Lá, as formigas são tão pequenas que mal se veem – imagine o grito que dei quando vi minha primeira tanajura –, os ratos são de estimação – lembro de quando, na infância, montávamos carreiras de obstáculos para Bernhard e Bianca, os pets da minha amiga –, e o animal mais espetacular fora do zoológico é o esquilo – presente em quase todos os parques e não raras vezes admirado por um grupo de brasileiros aglomerados ao pé de uma árvore, gastando a memória do celular com fotos e vídeos desse ratinho aéreo pulando entre os galhos.

Dia desses teve uma invasão de lagartas-de-fogo vermelhas aqui em casa. Tirei uma foto como prova e enviei no grupo da família com a legenda "Hoje contei 14 dessas, só na área de serviço". Prontamente meu pai, que nunca interage no grupo, responde "Não toque!!!!!!" Como se a natureza não tivesse deixado isso bem claro... Com base na foto cria-se uma preocupação geral entre meus parentes. Minha irmã quer saber se dormimos com rede de proteção. Digo que não, e minha tia, por sua vez, diz que vai repensar os planos de nos visitar no próximo ano. Não posso acreditar: "Como assim, gente?! Vocês iriam adorar aqui! Tem tantos animais e plantas interessantes. Pai, você não dizia sempre que os bichos têm mais medo da gente do que a gente deles?".

Finalmente, meus pais se empolgam. Umas horas mais tarde, me mandam um link para o site de uma loja de turismo aventureiro. Querem vir, mas querem vir preparados – no fim das contas, será sua primeira vez no Brasil. O kit para viagens exóticas que consideram comprar contém:

- um mosquiteiro para a cama, de malha apertada;
- um chapéu no mesmo estilo;
- um par de camisas xadrez com dupla camada protetora contra raios ultravioleta;
- calças compridas de tecido extraleve e à prova de mosquitos, com pernas desmontáveis;
- um short cáqui com bolsos de diferentes tamanhos na parte externa e interna (modelo antifurto);
- botas impermeáveis (testadas em água doce, água salgada e pantanal);
- binóculos;
- um bastão de caminhada para terrenos acidentados.

"Tá ótimo", escrevo em resposta. "Só venham!".

Imagino os dois no avião de Berlim a Recife com esse equipamento todo. Eles nem sonham que vão ser os bichos mais exóticos a bordo.

Habemus cachorro!

Eu tinha uma teoria completamente infundada cientificamente, segundo a qual a humanidade se dividia em dois tipos: os que preferem os cachorros e os que preferem os gatos. Eu sempre fui desses últimos. Desde minha infância vivo rodeada de gatos: Schwuppi, Püppi, Spooky, Nica, além de incontáveis felinos de pelúcia. Quando cheguei ao Brasil fui imediatamente adotada pelo Salém. Gato é fofo, divertido, limpo, independente, dá pouco trabalho e de noite embala nosso sono com seu suave ronronar. Para mim, perfeito. Mas depois que nos mudamos do apartamento na cidade para uma casa espaçosa no interior – com jardim e tudo –, minha esposa e enteada vieram com a ideia fixa de termos um cachorro. É, elas são da outra parte da humanidade. O filhote que tinha conquistado o coração delas era um tal de border collie que acabara de nascer e que nos foi oferecido como presente de boas-vindas. Não sei nada de raças caninas, mas esse tinha cara de treloso... Fui contra. Elas insistiram:

— Mas essa raça tem tudo a ver com você: são esportivos, carinhosos, inteligentes... você iria adorar!

Suspeitei desde o início que "esportivo" na verdade queria dizer hiperativo, "carinhoso", carente, e "inteligente"... bom, que seja inteligente não me surpreende; no fim das contas todos os animais são, principalmente em comparação com o ser humano.

— Não é um daqueles que comem chinelo, né? Que ficam fedorentos quando chove e te manipulam com aquele olhar fofo pra você jogar bolinha para eles o dia todo? Ou que latem no portão? Aliás, não temos portão. Nem muro. Assim não dá pra ter um cachorro. E se for fujão? Não seria mais prático a gente adotar outro gato?

Eu tinha tantos argumentos contra que nem sei mais como, poucas semanas depois, o filhote veio parar aqui em casa: uma meia porção de pelos pretos e brancos com o focinho pintado mais fofo de Pernambuco e que se destacava pelo tamanho das patas. Todas caímos por ele no primeiro instante. Todas menos o Salém. Curioso como ele é, até se achegou ao ver a novidade nos braços da Larissa. Mas foi só sentir o cheiro canino, ofensivo ao fino olfato felino, que deu um pulo para trás e passou o resto da semana sem mostrar outra coisa que não o bumbum para o irmãozinho novo, ignorando todas as tentativas de aproximação. Vai se acostumar, pensei.

Como não tinha nenhuma experiência, comecei a pesquisar sobre ter cachorro em geral, border collie em específico, e virei noites inteiras assistindo vídeos ou lendo artigos sobre adestramento na internet. Aprendi que são a raça mais inteligente do mundo, extraordinários pastores de ovelhas; além disso, latem pouco e se dão bem com crianças. Até aí tudo bem. Mas fora isso são – de acordo com um artigo – "extremamente ativos e com muita energia, preparados para trabalhar até dezoito horas seguidas, precisando da atenção e interação constante com o tutor". O texto ainda alertava que, não podendo gastar essa energia toda, eles corriam risco de ficar depressivos, destrutivos e até agressivos.

Para meu alívio, a matéria também dizia que o cachorro só podia sair de casa a partir dos três meses de idade, após tomar todas as vacinas. Isso nos concedia dois meses de preparo físico para os futuros passeios. O cálculo era fácil: como ele precisaria de dezoito horas de movimento por dia e somos três pessoas, teríamos que fazer três passeios diários, cada um com uma duração de seis horas. Mandei todo mundo comprar tênis novos e comecei um treinamento como se estivesse me preparando para uma maratona. Virei a chata do cachorro, sempre achando que o pobre ainda estava cheio de energia e que não estávamos dando conta das necessidades dele. Elaborei uma planilha de atividades físicas, mentais e emocionais a serem cumpridas diária e rigorosamente. Pedi licença-peternidade no trabalho e passei os dias jogando bolinha. Quando ele cansou dessa brincadeira, juntei todas as cadeiras, mesas, vasos de plantas, panelas, baldes, lixeiras, vassouras e demais objetos da casa e transformei a sala num percurso de agility. Na hora da ração praticava os comandos. Após pouco tempo ele atendia a "Aqui!", "Senta!", "Deita!", "Rola!", "Gira!", "Fica!", "Sossega!", "Volta!", "Volta já!" e "Volta agora mesmo ou você fica sem janta!" em português, alemão, latim e guarani. Minha esposa e enteada achavam que eu estava exagerando.

O bichinho crescia sem parar: era só piscar e abrir novamente os olhos que tinha aumentado mais um centímetro. Em menos de um mês dobrou de peso e tamanho. Na falta de ovelhas, começou a pastorear o gato. Esse se aperreou com a perseguição e sumiu. Quando voltou, dias depois, o cachorro estava notavelmente maior do que ele, fato que não exatamente melhorou a relação entre os dois. Com as crianças da vizinhança teve mais sorte.

Quanto a mim, nunca pensei que pudesse gostar tanto de uma criatura dessas. E cachorro molhado em dias chuvosos nem fica tão fedido assim. Na verdade, fica sim, mas basta um olhar dele para que eu me derreta todinha e cubra seu focinho fofo de beijinhos. Não é que eu prefira o cachorro ao gato, simplesmente gosto dos dois igualmente – quem diria! Tive até que refazer minha teoria: humanos e animais se dividem em dois tipos – os que pastoreiam e os que se deixam pastorear.

Boa-praça

Quem o conhece sabe que Chico é o cachorro mais boa-praça do condomínio. Nos dois passeios diários abana o rabo para qualquer pessoa que vê na rua, brinca aos pulos com o boxer Bruce, de pega-pega com o akita Paçoca, rola no chão com a pit bull Dalva, observa curioso e sem tomar lado as brigas das irmãs vira-lata Mel e Cacau por sua atenção, e não liga para Jennifer e demais cachorrinhos da raça pequenos chatos que latem pra ele do outro lado de cercas e portões. De boas até com os gatos da vizinhança, Chico distribui lambidas e cheiradas em qualquer bicho vivo que lhe permite chegar suficientemente perto. Por crianças ele tem um carinho especial. Pacientemente deixa que brinquem com ele de cavalo, se pendurem no seu pescoço, transformem o rabo dele em microfone ou que suas vozes estridentes gritem no ouvido dele:

— Fofiiiiiinho!

De vez em quando aparece um bando delas aqui em casa para brincar com o cachorro e eu desconfio que são os próprios pais que mandam os filhos para cá, sabendo que não vão sair do jardim e que estarão muito bem pastoreados por Chico, enquanto eles desfrutam de umas horas a sós. Chico faz mó sucesso no condomínio.

Esta manhã estávamos subindo pela trilha grande, eu jogando gravetos e ele correndo atrás, quando de repente freou, deixou o galho de lado e ficou cheirando algo no chão. Conforme eu me aproximava, o algo ia adquirindo formas e cores: fino, comprido e ondulado em preto, branco e vermelho. Uma cobra coral! Não sei por que gritei: se foi a surpresa de ver pela primeira vez aquele animal lindíssimo, porém malfalado, se foi por lembrar que a Larissa morre de medo de uma picada de cobra ou se foi porque Chico estava de boas em cima dela e prestes a lhe dedicar umas cheiradas e lambidas amistosas. Também não sei quem se assustou mais com meu grito – o Chico, a cobra ou eu mesma. Só sei que dei um pulo para trás, Chico veio correndo pra ver o que acontecia e a cobra aproveitou o momento para desaparecer no mato.

Foi a primeira criatura que não sucumbiu aos encantos do cachorro mais boa-praça do condomínio.

II

COM GOSTO DE CAJÁ

Bolha verde

Moro num lugar muito especial, desses que antes nem sabia que existiam. Assim que o dia clareia, acordo com o canto dos pássaros e a primeira coisa que vejo é o mar verde de centenas de árvores. Às vezes uma preguiça coça sua barriga em câmera lenta bem em frente à janela e me dá um sorriso de bom-dia. A cajazeira no final da rua está carregada e divide com a gente suas delícias agridoces. Bem cedinho, ao passear com o cachorro, colhemos ali as frutas para o suco do dia. Nesta época, as flores do pé de jambo cobrem o chão, transformando tudo num tapete cor-de-rosa. Não pega sinal de TV nem de telefone, e, se não olho o celular, dá pra esquecer durante um tempo o rumo louco que o mundo tomou. É bom esquecer um pouco, até para não enlouquecer junto. Como já dizia Lessing, lá pelo século XVIII: "Quem, em certas circunstâncias, não perde o juízo, não tem juízo a perder". Hoje é um desses dias em que preciso preservar meu juízo. Então desço à cozinha sem olhar o celular, ponho um inhame no fogo, faço café e suco de cajá. Pela janela da cozinha entra uma brisa fresca e do quintal chega o murmúrio do igarapé.

Enquanto o aroma do café se espalha pela varanda, percebo um alvoroço entre as árvores: agarrado num tronco, um pequeno sagui está sendo importunado por dois pássaros marrons de porte médio. Grasnando escandalosamente, esvoaçam à volta do pobre macaquinho assustado, que se move de um lado a outro, pra cima e pra baixo, tentando desviar-se dos bicos agudos dos seus alados perseguidores.

— Força, peludinho! — animo o sagui; para mim claramente a vítima dessas aves vis que o atacam covardemente (dois contra um!).

No final, ele se rende: pula a um galho inferior e de lá a outra árvore e mais outra até que meus olhos o perdem no meio das folhas. Os pássaros voltam ao seu ninho, a tranquilidade à minha varanda e meu olhar volta a perder-se na paisagem verde. Logo o sol se ergue em cima das copas e banha a varanda em luz. O sagui volta com dois amigos. Tomo o último gole do meu café, desejo sorte pros pobres passarinhos e mediante um grande esforço consigo tirar os olhos do jardim. Entro em casa e começo o home office, enquanto lá fora – isso eu sei – coisas mais relevantes acontecem.

Águas de março

— Nem era pra chover tanto nesta época do ano!

— Oh, meu amor, por que você fica tão aflita com isso? Pensa assim: que bom que está chovendo! Faz bem para as plantas...

Lanço um olhar murcho para o cacto lá fora. Os espinhos inúteis em riste, ele e eu tentando resistir.

Se o Luciano soubesse

Desde o dia que conhecemos nosso vizinho Luciano, logo após a mudança, ele vem falando mal dos gatos:

— Eles matam os passarinhos!

Olho de relance pro Salém, que está dormindo tranquilamente no sofá. Julgo-o incapaz de fazer mal a qualquer bicho, mesmo se quisesse. Gato de apartamento até um dia desses, está completamente fora de prática. E tem mais: começo a me preocupar com a segurança dele. Não será uma presa fácil para outros, abobalhado como ele é? Ontem mesmo o vi correndo de um besourinho, o rabo todo espifalhado de terror...

Mas o Luciano não acredita na inocência dos gatos, por mais tranquilamente que estejam dormindo no sofá. Porque uma hora acordam e... *zás!*, o passarinho já era. Nem é culpa dos gatos, ele reconhece, é o instinto... Além dos plumíferos, o Luciano está especialmente preocupado com Gustavo, o teju que frequenta o jardim dele e o nosso. Tá, eu também não quero que o bichinho mude de local por medo do Salém. Por isso, a próxima vez que vejo o teju atravessando a grama em frente à varanda com seu passo lento, arrastando a cauda longa e listrada, digo seriamente:

— Salém, não mexa com Gustavo!

E ele não mexe. Passam-se dias e mais dias que ele fica sentado pacificamente no jardim enquanto os beija-flores beijam as flores, os pica-paus picam os paus e os saguis pulam entre as árvores. Às vezes param num galho próximo, encaram o Salém, fazem caretas e poses vulgares, tentam provocá-lo. Mas ele fica só ali, olhando, abobalhado...

Hoje, enquanto lavava a louça, entrou pela janela um pequeno beija-flor. Sem achar a saída, voou em pânico pela cozinha até esbarrar no vidro e cair desmaiado na pia. Lá fui eu pescar passarinho na água espumosa entre copos e cuias. Achei! Enxuguei a plumagem fina na camiseta, conferi as batidas cardíacas no peito azul – positivo – e agora o quê? Já sei! Vou deitá-lo lá fora, onde o sol possa secar suas penas, até ele se recuperar. Dito e feito. Enquanto procuro o pedacinho de grama mais macia no quintal, Salém me observa da varanda, curioso. Lembro das palavras do Luciano: uma hora o instinto acorda e... *zás!*

Por via das dúvidas, resolvo ficar por perto até que o beija-flor acorde e saia voando. Mas mal deitei na rede, um olho no gato e o outro no jardim, quando o teju Gustavo aparece no canto do quintal. Com seu passo lento arrasta a cauda pesada pela grama. Sem pressa, aproxima-se do pequeno corpo colorido entre o capim e... *zás!*, engole o pobre passarinho de uma abocanhada só. E Salém só olha, abobalhado. Se o Luciano soubesse!

Triátlon com cobra

Desde criança, sempre gostei de esporte: ginástica, futebol, vôlei, pingue-pongue, capoeira, badminton, volteio, yoga, acroyoga, esqui, snowboard, surf. Quando fazia graduação e não podia gastar com clube, tive que me contentar com a corrida. Ô coisa sem graça! Mas era a opção mais acessível para recompensar o corpo pelas longas horas sentada nas salas de aula, na biblioteca e no metrô entre faculdade e casa – no fim das contas era só botar um tênis e sair correndo. E foi isso o que fiz durante anos. Corria no calor do verão, na chuva do outono, na neve do inverno e na alegria da primavera. Tempos depois, descobri uma modalidade mais emocionante: a corrida de obstáculos. Subir e descer ladeiras, trepar muros, pular sobre valas, afundar em trechos de areia, saltar de pneu em pneu, engatinhar na lama, atravessar pistas de gelo, vencer obstáculos de água ou fogo. Também escalava. Nas paredes artificiais de Berlim, na pedra calcária de Valência na Espanha, entre cactos em Calixtlahuaca no México e sob o sol ardente do sertão de Quixadá.

Mas nunca pratiquei um esporte de tão alto risco quanto correr com Chico. Num momento, ele trota bonitinhamente no ritmo dos meus passos, no próximo freia para cheirar uma fulô, me puxa pro lado para fazer xixi (sim, tem que ser nesta árvore!) ou atravessa minhas pernas para cumprimentar uma formiga. Assim vamos ziguezagueando, xingando (eu) e quase caindo pelas ruas do condomínio até chegar à trilha do açude menor. Lá, onde em dia de semana nunca tem ninguém, ele pode andar solto. Para mim sempre será uma incógnita por que os outros moradores não aproveitam mais esse espaço. Há gente que mora aqui faz anos e nem sonha que tem trilhas tão perto. Outros têm medo de cobra, de capivara ou de visagem. O povo inventa cada coisa! Bom, melhor para mim.

Chico corre à frente, deixa sua marca em troncos escolhidos, faz as necessidades necessárias, e no lugar de sempre desembesta mata adentro, só pra logo mais voltar mastigando uma semente de dendê. Ele ama aquilo mais do que sua ração, a bolinha azul e a mangueira do jardim juntos. É capaz de não perceber a presença de um unicórnio parado a três passos dele e iluminado por um holofote, mas semente de dendê ele detecta a cinquenta metros contra o vento. Com seu troféu na boca, se adianta pelo estreito caminho e eu o sigo devagar, desfrutando do silêncio, prestando atenção nas raízes do chão, no brilho do açude entre as folhas, no bico amarelo do tucaninho que me observa de algum galho, no canto doutro pássaro que não reconheço. Estou pensando em como seria legal conhecer todos os pássaros pela voz, quando Chico solta a dele.

Estranho – ele quase nunca late. E ainda é um latido esquisito, meio metálico. Uma cutia ou um teju, talvez? Não, estes teriam corrido e Chico atrás. Não para pegar, mas para dar um cheiro, uma lambida, brincar. Uma preguiça, então?

Só se estiver no chão; na árvore o abestadinho não iria nem perceber. Apresso meu passo e ao dobrar pela curva a vejo: uma cobra grande, preta e amarela, enrolada no meio da pontezinha que atravessa o riacho. Entre mim e ela, Chico continua anunciando sua presença. Não sei de pássaros, mas sobre cobras eu pesquisei e essa aí é uma caninana. Nem com todos os meus anos de treino ganharia dela. Sobe em árvores, é uma ótima nadadora e dizem que sabe até pular. E essa combinação de triátlon é uma das poucas coisas que nunca pratiquei na vida. Chamo o Chico e nos retiramos bem de fininho.

No caminho de volta, ele não freia de repente, nem passa no meio das minhas pernas e não liga pra formiga nenhuma. Tem muita pressa pra chegar em casa. Vai ver perdeu o gosto pelo esporte de risco.

Socializando com tutu

— Amor, vem cá, estamos socializando com tutu! — ouço a voz da Larissa vindo do jardim.

Confesso que a frase me deixou intrigada. Em primeiro lugar, porque não sabia que minha esposa possuía um tutu. E, se um dia possuiu, como teria sobrevivido a todos os brechós, mudanças e ataques de feng shui dos últimos anos? Outro aspecto que chamou minha atenção foi o verbo auxiliar "estamos" – mais concretamente seu sufixo de plural. Quem seria "-mos"? Ela e mais quem? E somente ela estaria usando o tal do tutu ou todo mundo? Todo mundo, aliás, só podia ser nosso vizinho Luciano. Difícil imaginar o Luciano de tutu; normalmente o estilo dele é mais pra surfista aposentado... Mas isso não era tudo: ela tinha dito que estava "socializando". Agora por acaso não se dizia mais "conversar"? Deve ser uma dessas gírias novas, pensei. Aliás, para mim, como não-nativa, a maioria das gírias são novas. Lembro da vez – acabávamos de nos conhecer – que Larissa me disse para "rebolar no mato". Querendo impressioná-la, ali mesmo no Parque do Cocó lotado de fotógrafos, grávidas, noivos, ciclistas, esportistas e famílias reunidas em piquenique, entrei no meio do mato e fiz o melhor que meus inflexíveis quadris alemães permitiam, até que ela, bolando de rir e chorar, me implorou pra parar...

Bom, mas voltando ao rolê com tutu no jardim de casa:

— Tô indo! — aviso escada abaixo.

Três minutos depois chego no jardim vestida com o maiô laranja que comprei no último carnaval antes da pandemia e que é o mais parecido com um tutu que achei entre minhas roupas. Larissa (de vestido) está conversando com dois rapazes desconhecidos, de roupa esportiva (e definitivamente não de balé), enquanto Chico e o cachorro deles estão, de fato, "socializando" – um eufemismo próprio da linguagem de donos de cães, que em bom português quer dizer que um está com o focinho grudado no rabo do outro.

— Olha, amor, essa é a Tutu — diz Larissa apontando para a pit bull marrom de 30 quilos, não sem antes registrar meu look com as sobrancelhas levantadas.

Forço meu melhor sorriso:

— Prazer, Tutu.

Emergência veterinária

São umas oito da noite. Estou me preparando psicologicamente para lavar uma louça monumental quando percebo um movimento estranho do Chico. Deitado embaixo do balcão da cozinha, ele tenta se levantar e não consegue, bate a cabeça no banquinho, tenta de novo, as pernas não respondem, solta um uivinho agoniado. Com um pulo estou ao seu lado, afasto os bancos com um empurrão e me inclino para ajudá-lo a ficar em pé. Fico segurando seu tronco com ambas as mãos enquanto ele dá uns passos cambaleantes, mas logo mais as patas traseiras desobedecem, ele cai pro lado, se arrasta mais um pouco. Percebo sua respiração acelerada, a língua caída para fora da boca, ele geme baixinho, e esse é o momento em que solto o grito que faz o resto da casa vir correndo:

— Veterinário, rápido!

Adrenalina é um negócio impressionante. Levanto o Chico, como se seus 25 quilos não fossem mais do que a metade do meu próprio peso, e saio correndo com ele molinho nos braços. Atrás de mim, Larissa já vem voando escada abaixo com a chave do carro na mão enquanto Morena pega a bolsa com os documentos – numa perfeita sintonia como se tudo isso tivesse sido ensaiado. A casa fica aberta e com todas as luzes acesas, quando disparamos echando leches para a clínica 24 horas. Eu no banco de trás com Chico, alisando sua cabeça, verificando as batidas do coração, falando baixinho que tudo vai ficar bem, sem saber quem estou querendo acalmar com isso. Na minha cabeça passam mil possibilidades: será que foi mordido por uma cobra no passeio da tarde e agora o veneno está se espalhando pelo corpo, paralisando tudo pouco a pouco, começando com as extremidades até chegar ao coração? Ou terá sido um escorpião? Talvez tenha comido um cogumelo daqueles bem vermelhos que crescem no meio do mato, engolido uma caranguejeira ou lambido um sapo alucinógeno, sociável como ele é. Dia desses a cadela de uma vizinha comeu uma semente de dendê e passou quatro dias vomitando. Falo pro Chico ficar à vontade para vomitar no carro inteiro, se precisar. Cortamos a noite a 100 quilômetros por hora, buzinando para quem faz questão de respeitar o limite de velocidade, assustando o pessoal do cooper e os trabalhadores que estão voltando pra casa de bicicleta. A estrada com seus quebra-molas vira uma pista de saltos e nosso Fiatzinho, um jipe offroad. Nesses momentos maldigo a decisão de virmos morar neste lugar perigoso, no meio da mata com todos seus bichos peçonhentos e plantas tóxicas que estão matando meu cachorrinho.

— Aguenta, Chico, já estamos chegando.

Larissa freia escandalosamente em frente à clínica, saltamos do carro, pego Chico de novo no colo, entramos. Ele se inquieta nos meus braços, o barulho dos carros lá fora o assusta. Nunca se acostumou com o ruído de motor, que lá em casa pouco se ouve.

Finalmente o coloco no chão – só pra ele sair andando bonitamente. Sem cambalear, sem cair, sem nada. Pula logo atrás de uma cigarra.

— O que é mesmo o que ele tem? — pergunta Larissa.

No caminho de volta, desta vez respeitando a sinalização e os outros usuários da via pública, Morena, de braços cruzados, me olha de soslaio:

— A pessoa pode nem mais ter uma câimbra em paz. Eu, hein.

E a Larissa ainda acrescenta:

— Você inventou isso pra fugir da louça, foi? Eu, hein.

Olho pro Chico, que está sentado do meu lado, com o focinho para fora da janela e os olhos semicerrados, curtindo o passeio.

— Eu, hein? Eu que o diga!

Eis a pergunta

A vizinha nova já chegou chegando. Bom, na verdade chegar não chegou, pelo menos não no início. E enquanto ela não chegava, mandou três funcionários tirar tudo que não fosse árvore do terreno junto ao nosso. Foi assim que uma manhã acordamos com uma paisagem diferente do outro lado da janela: onde antes o olhar se alegrava com beija-flores, ora verdes, ora azuis, dançando entre as helicônias, agora se deparava com um campo marrom, vazio. Restavam apenas alguns troncos que, de diferente grossura e meio perdidos no espaço, erguiam-se em direção ao céu.

— Foi vendido, foi?

Os funcionários assentiram com a cabeça.

Fiquei logo preocupada, vou nem mentir. Até agora vivíamos rodeadas da flora e fauna locais, não importava para onde olhássemos. Era impossível ver a próxima casa atrás de tantas folhas, e ouvir vozes, barulho ou som de música era coisa rara – dependia da direção do vento e do silêncio das cigarras. Agora tudo isso ia mudar. Um mói de perguntas passou por minha cabeça: Quem terá comprado o terreno? Será gente boa? Tranquila? Respeitosa com a natureza? E, a questão mais importante em tempos como este: saberá que a Terra é redonda?

Haviam-se passado alguns dias, o mato já começava a crescer de novo, quando ela finalmente chegou. A nova vizinha em pessoa, carregada de vasos de plantas, que logo começou a acomodar no chão. Eu observava tudo da janela da cozinha e, no momento em que ela levantou a cabeça, fiz das tripas coração e acenei com a mão. Melhor começar as coisas bem. Aparentemente ela só havia esperado uma desculpa para vir falar comigo. Acenou de volta enquanto se aproximava.

— Bom dia! Meu nome é Roseleine.

Durante a próxima meia hora, Roseleine me explicou que trouxe as plantas antes de qualquer outra coisa porque as bichinhas estavam sofrendo no apartamento, que vai projetar uma casa pequena, só para ela, o marido e a sogra, que não nos preocupemos, que são pessoas tranquilas, que não se importam com os latidos do Chico porque amam animais, que ela é fotógrafa e faz mandalas além de outros artesanatos, yoga e meditação, que adora acordar cedo, molhar suas meninas e ficar conversando com elas – tenho pra mim que se referia às plantas, embora ela não me desse tempo para tirar a dúvida –, que arrumou umas mudinhas de embaúba e vai replantar seis por cada uma que tiver que cortar, que assim espera atrair bichos-preguiça, saguis e quatis porque, enfim, adora a natureza e por isso comprou esse terreno.

Finalmente ficou sem fôlego, e eu aproveitei a brecha para falar das licenças ambientais necessárias para cortar árvores ou construir ali e ainda inventei cobras, caranguejeiras, escorpiões, sapos e morcegos, além de outros animais, que supostamente habitavam o novo terreno dela em quantidades extraordinárias. Mas a futura vizinha só levantou os ombros e disse com um sorriso: "Eles estavam aqui primeiro" e "Nós é que estamos na casa deles". Deu todas as respostas certas, um negócio impressionante, até que finalmente me olhou meio desconfiada – provavelmente por meu visual de berlinense que não penteia o cabelo faz uma semana e não usa maquiagem por um misto de convicção com preguiça – e fez a pergunta padrão:

— Você é da onde?

— Fortaleza — menti.

E ela, fingindo que ainda não tinha percebido meu sotaque, exclamou:

— Nossa, a gente ama Fortaleza!

Ainda não tenho certeza sobre aquela pergunta básica, mas uma pernambucana que gosta de Fortaleza, conversa com plantas, adora bichinhos e faz de conta que não tenho sotaque só pode ser gente boa. Ou não?

Pergunta retórica

Será que a caranguejeira acima da cama vai dar uma crônica?

Monterroso no mato

Quando voltei com a vassoura, ela não estava mais ali.

O que é, o que é?

— Ahhh, eu não aguento mais vocês!

São umas dez da noite quando, já deitadas na cama e assistindo a uma série, ouvimos os gritos vindos do quarto da Morena.

— Saiam daqui, seus minions!

Larissa dá um pause no computador. Nos entreolhamos.

— Diabéisso?

— Será que é cobra? — Larissa está prestes a pular da cama. Uma cobra dentro de casa é o seu maior medo.

— Claro que não — respondo com toda certeza gramatical: — Ela falou "minions", no plural.

— Meu Deus, várias cobras!

— Se fosse cobra, ela não gastaria tanta prosa — tento tranquilizá-la. — Deve ser outro bicho. Outros, na verdade, no plural.

Nesse momento, Morena retoma a algazarra no andar de baixo, e Larissa coloca o indicador em cima dos lábios. Apuramos os ouvidos.

— Filhos - de - uma - égua! — Agora as palavras vêm acompanhadas por chineladas no chão. Definitivamente não é cobra.

Segundos depois, uma gaveta é aberta barulhentamente e, logo depois, num tom quase histérico:

— O quê!!! Até na minha flauta?

Ao meu lado, Larissa franze a testa. Parece indecisa se desce para ver o que está acontecendo ou se deixa Morena resolver sozinha. No fim das contas, com seus quase 18 anos, já não é uma criança e tem que tomar conta das coisas da vida. Mesmo quando as coisas da vida fazem moradia dentro da sua flauta. Mas a flauta ela nem usa, diferente de...

— Não, não, não! No meu tênis não!

Então era só isso. Larissa expira aliviada. Relaxamos, nos recostamos novamente no travesseiro e clicamos no play. Coisas da vida mesmo. Ou da mata. Da vida na mata. Morena que resolva. Não é nada que precise de alguém maior de idade.

O que é, o que é? Pegou? Se sim, parabéns e continue com a próxima crônica. Se não, volte dezesseis casinhas e releia *Zoológico dendicasa*. 😵

A irmã da mulher do caseiro

Quis o destino que, além de mim, morasse outro escritor aqui no ilustre condomínio Bosque Águas de Aldeia. O célebre Paulo Caldas, autor de *República dos Bichos*, *Porto dos Amantes* e *Asas, para que te quero?*, entre outros títulos. Aqui vou chamá-lo pelo primeiro nome, pois a proximidade da moradia e o fato de já tê-lo visto de sunga na bica me concede certo grau de intimidade. Além de escrever romances e outros livros mais, Paulo também editava o *Bosque News*, jornal mensal em que outrora se comunicavam as novidades do condomínio: decisões tomadas nas reuniões, anúncios sobre as eleições do síndico, aniversários de moradores, mortes de funcionários, brinquedos perdidos no parquinho, informações sobre a drenagem das ruas, manutenção do açude, assim como queixas sobre cachorros sujões e infrações felinas. Na última parte de cada edição havia até uma pequena seção artística com fotos amadoras de jacarés, jiboias ou quatis, enviadas pelos próprios condôminos.

No ano passado, porém, o *Bosque News* paralisou a produção e deu lugar ao grupo de WhatsApp. Função e nome continuam os mesmos – a diferença é que não é mais meu colega escritor que dita o teor, forma e estilo das notícias, garantindo assim certa qualidade e nível na comunicação; agora é todo mundo. Todo mundo menos eu. Vez ou outra, Paulo ainda insiste em me botar no grupo para ficar por dentro dos "acontecimentos", mas, no primeiro B.O. entre vizinhos, saio correndo. E é por essa minha falta de paciência com o ser humano que vez ou outra realmente perco alguma coisa relevante. Tipo: "Hoje a Agência Estadual de Meio Ambiente realizará soltura de animais silvestres no nosso condomínio. Às 15h na beira do açude maior". Ou ainda: "Condômina acha bebê-preguiça desamparado na rua das Jabuticabeiras" – imagine aqui uma foto do minúsculo ser descabelado nas mãos de uma senhora. Ou então um vídeo que mostra uma surucucu rosa e enorme atravessando a rua em frente à casa de uma vizinha. "Tchau, cobra", ouve-se a voz da filhinha, quando a venenosíssima finalmente desaparece no mato.

Mas provavelmente você está se perguntando o que é que o *Bosque News*, a sunga do Paulo Caldas e a Agência Estadual de Meio Ambiente têm a ver com a irmã da mulher do caseiro, não é? Pois bem. Como Paulo sabe que não suporto o grupo virtual, mas adoro cachorros e bichos em geral, vez ou outra me manda uma informação especial no privado. A última foi:

— Essa cadela foi abandonada no nosso condomínio, você pode salvá-la. Falar com Dona Lídia.

A foto correspondente não demora a chegar: uma border collie fofa que olha desconfiada para a câmera.

— Puxa, Paulo, já temos o Chico. Mais um não dá.

Mas a cachorrinha não sai da minha cabeça. Quem abandona uma border collie? Minha veia de cronista não me deixa quieta. Resolvo falar com Dona Lídia:

— Dona Lídia, boa tarde. Sou vizinha aqui do Bosque. Que história é essa da cadela abandonada?

Dona Lídia responde prontamente, porém com mensagens que me deixam mais intrigada do que inteirada:

— Obrigada pela atenção. Ela foi deixada na casa do caseiro pela dona.

Caseiro? No condomínio todo não conheço uma casa que tenha caseiro. Dona Lídia está digitando...

— Ele não tem condições de criar.

— Então a senhora está dando lar temporário para ela? — pergunto. — Ou sabe quem está cuidando dela?

— A mulher do caseiro tá cuidando. Mas não tem condições — repete.

De novo o misterioso caseiro. Ela continua:

— Eu soube da minha filha porque a mulher do caseiro é irmã da empregada dela.

Agora estou confusa mesmo, mas tento focar nas informações relevantes:

— Certo. Então, se entendi bem, ela não está aqui no condomínio. É isso?

— Tá não. Eles moram a uns dez quilômetros daqui.

Parece que meu amigo escritor me mandou fake news, vê se pode... Olha a checagem dos fatos, Paulo! No jornal do *Bosque News* isso não teria acontecido! (Teria?)

Peço à Dona Lídia o contato da filha pra pegar com ela o número da empregada e pedir a esta o número da irmã para perguntar diretamente à mulher do caseiro sobre a situação da border collie. Não posso adotar, mas talvez possa ajudar de algum outro jeito.

Depois mando uma mensagem para Paulo:

— Paulo, a cadela não foi abandonada aqui no condomínio não, visse? O que aconteceu foi que a dona abandonou a bichinha na porta da casa do caseiro, que é marido da irmã da empregada da filha de Dona Lídia. Isso dá no mínimo uma crônica, se não uma telenovela completa, não acha?

Chico mauricinho

— Bora conhecer a liberdade — disse Branquinho a Chico naquela manhã ensolarada enquanto brincavam no jardim.

Branquinho sabe do que está falando: cachorro de rua, sem dono nem lar, conhece a liberdade em excesso, assim como conhece a fome e os dentes afiados dos outros. Já Chico jamais teve que disputar restos de marmita à beira da estrada, nunca se curvou em dor por um pontapé, jamais conheceu o abandono nem a liberdade. Talvez fosse o ar de cachorro burguês que chamou a atenção do Branquinho quando viu Chico pela primeira vez, há quase um mês, passeando pelo condomínio. Talvez fosse seu pelo limpo e penteado, seu aspecto bem nutrido, talvez o movimento simpático do rabo ao cumprimentá-lo. Onde come um, comem dois, deve ter pensado. E, simples assim, seguiu a gente até em casa e aqui ficou. Já está criando uma barriguinha de ração, aceita o tapete da varanda como sua cama e presta o devido respeito à deidade da casa: o gato. Agora, com a fome amansada, o pelo mais brilhoso, vermes e carrapatos controlados, queria mostrar para Chico como era correr pelos campos livre e solto, sem guia nem coleira.

— Bora? — repetiu.

Ante a proposta do amigo, Chico olhou hesitante para a porta da varanda; era só entrar para chegar na tigela cheia de ração.

— Deixa de ser mauricinho, hômi! Quer conhecer a liberdade ou não? — insistiu Branquinho e saiu trotando pela rua deserta.

Chico lançou um último olhar em direção à casa, tomou coragem e finalmente seguiu o amigo.

Isso eu imagino. Pode ter sido diferente; não sei. Só sei que quando levantei o olhar do meu café, não estavam mais no jardim – o velho coco que viviam disputando, abandonado na grama seca.

Seguem-se assovios e chamadas, repetidas e multiplicadas pelos vizinhos das casas mais próximas. O nome dele ecoa de todos os lados. Cinco minutos depois, a vizinhança inteira sabe que Chico sumiu. Recebo mensagens até do pessoal do açude menor: "Ei, soube que o Chico fugiu. Não se preocupe, se aparecer aqui, boto ele pra dentro e te aviso". Isso que é uma rede de apoio!

Mas eu sou agoniada, nada de ficar em casa esperando enquanto meu mauricinho anda atrás de qualquer liberdade por aí. Calço meus tênis, pego a guia e saio em busca dele. Vez ou outra me detenho e grito seu nome para dentro do mato, da várzea, de jardins, rua acima e rua abaixo. Nada. Quando estou descendo a última ladeira, avisto os dois. De boaça, vêm trotando um do lado do outro pela rua do homem nu. Ao me verem, correm para me cumprimentar. O pelo cheio de carrapichos, olhar inocente e bafo de caramujo.

Cachorro livre, cachorro feliz.

A morte de Bárbara Schneider

— Assassino! — sussurro para baixo da cama.

Lá, bem no fundo, atrás das malas, entre bolas de cabelo e poeira – e agora também entre pequenas penas cinza – lá onde a vassoura mal chega, Salém se entrincheirou com sua presa, enquanto acima dele, no colchão macio e com a máscara protegendo os olhos, Larissa continua dormindo. Por isso estou falando baixinho.

— Seu psicopata-pervertido-sem-alma!

Óbvio que Salém pouco se importa com meus xingamentos sussurrados e continua cutucando sua vítima com o focinho, pegando-a na boca só para logo em seguida soltá-la novamente, jogando-a para cima e deixando-a cair. Com o bumbum levantado, o rabo serpenteando de um lado a outro e os olhos arregalados, se delicia com a agonia da pobre criatura em penas, com o poder sobre a vida e a morte. Está ronronando tão forte que a qualquer momento pode acordar a Larissa. Nesse momento, ele dá uma patada mais forte que faz o corpinho teso rodopiar sobre o chão até sair ao pé da cama. Só assim, à luz do sol, vejo de quem se trata. No susto, me esqueço de qualquer consideração com minha bela adormecida:

— Ah, não, Salém! Logo ela? Como é que pode?

Larissa senta na cama de um golpe, ao mesmo tempo em que tira a máscara dos olhos.

— O que que foi?

— Salém matou Bárbara Schneider.

— O quê? Não acredito! Cadê você, seu assassino-psico-pata-pervertido-sem-alma?

Cuidadosamente recolhemos o corpo sem vida do chão e o enterramos no jardim. Bem embaixo da pitangueira, entre cujos galhos, bem encaixadinho, estava seu ninho.

— O que será dos ovinhos? — Larissa enxuga uma lágrima.

— Olha, não sei aqui, mas lá na Alemanha os pais respondem pelos filhos...

— Verdade... Não tem outro jeito.

— Vamos nos revezar: duas horas eu, duas você.

Por isso, ao mesmo tempo em que escrevo este último adeus a Bárbara Schneider, estou chocando seus três ovinhos entre as coxas, enquanto Larissa está cuidando da criação de minhocas na composteira. É o mínimo que a gente pode fazer.

Descanse em paz e não se preocupe, Dona Bárbara. Vai dar certo.

O lado *Dark* de Aldeia

Estou terminando de lavar a louça, com Chico me observando do outro lado da janela. Ele adora ficar sentado lá fora, entre as plantas da vizinha, enquanto a gente faz qualquer coisa na cozinha. Imagino que isso lhe dá a sensação de estar cumprindo com seu dever de cachorro de pastoreio. Ovelhas dendicasa, pastor feliz. Enxaguo a última faca, limpo a pia, seco as mãos no pano de prato e aviso pra ele que já tá na hora de mimir. Normalmente basta ele ouvir o comando que já vem correndo e deita no cantinho dele sem botar boneco. Mas esta noite não. Chamo, chamo, e nada dele entrar em casa. Agora é assim, é? Vamos ver quem manda aqui. Pego a guia, mas assim que ele me vê pisando no jardim, sai correndo noite adentro. Logo pro lado do açude menor! Como nossa casa é a última, o poste na rua também é. De cá pra lá só breu, até chegar na ladeira que sobe para a parte alta do condomínio.

— Chico?

Dou uns passos para dentro da escuridão, mas assim que saio do raio de luz do poste, as sombras da mata engolem tudo à minha volta. Acendo a lanterna do celular; quase o mesmo que nada.

— Chiiicooo!

Minutos chamando até que finalmente vislumbro um par de olhos vermelhos que vêm em pleno galope na minha direção. Parece o próprio Cão.

— Pra dentro, mocinho, agora mesmo!

Mas ele continua naquela negação. Não quer nem olhar pra casa, passa longe da garagem, se esquiva das minhas mãos com a guia e se afasta mais um pouco, desta vez para o outro lado da rua, antes de ficar parado e olhando pra mim; as orelhas levantadas em atenção. Nessa hora já estou com um pé atrás. Alguma coisa deve estar acontecendo. Sempre penso que é melhor confiar nos bichos. Eles são muito mais espertos do que a gente, principalmente quando se está no meio do mato. Será que ele quer me mostrar alguma coisa? Lembro daquelas histórias de animais que preveem a morte de alguém, avisam sobre incêndios, doenças, crianças prestes a se afogarem ou outros acidentes. Será que algum vizinho dormiu com o cigarro aceso? Dou uma olhada no celular: onze da noite. Suspiro.

— Tá bom, Chico, vamos. Me mostra.

Pelo menos, agora ele deixa eu colocar a guia. Em troca, eu deixo ele me guiar. Se bem que mais apropriado seria dizer que deixo ele me puxar. Focinho grudado no chão, vai decididamente em direção à área de lazer. Chegando lá, ele nem liga para as bicas – seu lugar favorito do condomínio – e sobe direto os degraus que levam até o açude maior. Nas noites de verão faz-se o céu mais bonito acima do lago, com as Três Marias atraindo os olhares dos casais românticos que perambulam de mãos dadas pela orla. Mas agora que a época das chuvas se avizinha, as pesadas nuvens do inverno escondem qualquer constelação. Daqui a pouco vai cair um pé d'água. Só Chico e eu mesmo pra inventar de andar por aqui no meio da noite. Nada de casais românticos, nada de incêndios, nem de crianças afogadas. Também, a essa hora, né? Já tô achando que foi tudo um grande drama do Chico, um truque para conseguir um passeio extra no fim do expediente.

— Pra casa! — determino.

Ele me olha assustado e me segue hesitante, mas vai. Chegamos até o campo de futebol no início da nossa rua. Ali, embaixo da cajazeira, taca o bumbum no chão como quem diz: "Até aqui e nem um passo a mais!". Vinte e cinco quilos. Não tem jeito. Ele não se mexe. Fica sentado, encarando a casa solitária, desabitada, do outro lado do campo. A luz parca dos postes mais próximos mal ilumina a fachada, e à volta dela não enxergo outra coisa que não seja escuridão. Mas já falei que os animais são mais perceptivos. E agora estou ficando com medo. O que será que o Chico está vendo e eu não? Lembro daquela série alemã, *Dark*, que todo mundo estava assistindo e amando no ano passado, enquanto pra mim bastou a metade do primeiro episódio para ficar duas noites sem dormir. Aquele túnel no meio da floresta que levava ao mesmo lugar, décadas antes. Viajantes entre os tempos. Quase consigo ouvir o barulho daquele reator de energia atômica. E o Chico não tira os olhos de sabe-se lá o quê no meio das sombras.

Arrasto ele para casa. Antes de botá-lo pra mimir, revisto todos os cômodos. Mas não encontro nenhum viajante do tempo escondido atrás da cortina ou embaixo da cama. Fecho as janelas e tranco as portas duas vezes, mesmo sabendo que nada disso vai deter os fantasmas da minha cabeça.

III

TEMPOS DE CHUVA E CHUMBO

Alma mofada

Começou a época das chuvas em Pernambuco. Frente à janela do quarto, os dias amanhecem cinzentos, com a neblina pairando sobre a floresta e o murmúrio das folhas sob a chuvinha fraca, mas constante. Ficaria o dia todo na cama se não tivesse a sensação de que o colchão e os lençóis estão úmidos, assim como todo o resto da casa também. Sinto o chão de cimento gelado embaixo dos meus pés descalços enquanto me arrasto ao banheiro. O espelho embaçado sobre a pia devolve uma imagem pálida e turva da minha cara, uma mancha oval, traços vagos, indistintos, o contorno do meu corpo se diluindo com a cor da parede no fundo. É assim que eu me sinto. Lavo o rosto sem esperança de ter água quente para o banho – as placas solares no telhado estão de folga nestes dias nublados. Até o sol está com burnout. Enxugo a cara com a toalha, que também não está exatamente seca e tem cheiro de coisa velha. Do outro lado da janela está chovendo mais forte. Se as águas pelo menos me lavassem a alma e a deixassem leve e reluzente! Mas espero em vão; a catarse não chega.

O friozinho úmido da legging me arrepia a pele. Tento ignorar o cheiro de porão da blusa – pelo menos é quentinha! – e obrigo-me a descer. Chico me recebe com sua fragrância de cachorro molhado e abana o rabo feliz, enquanto encho a tigela com a ração amolecida. Ao menos um de nós dois está de bom humor. Abro a porta da varanda, deixo o ar circular. O mofo tomou conta de tudo, até o vidro apresenta pequenas manchas brancas que se espalham devagar.

No passeio tão ansiado, Chico me puxa pra cima e pra baixo nas ladeiras escorregadias. Eu vou deslizando e resmungando, suando embaixo da capa de chuva que pesa demais. Hoje, nem o contraste da trepadeira lilás com a cor cinza do céu consegue me enternecer. Com um puxão, Chico se solta da minha mão murcha. E aí corre livre e feliz, chafurda na lama, pula de uma poça para outra, observa curioso o voo das gotas antes de caírem na minha roupa, me sujando toda. Vendo a brincadeira dele, me lembro dos outonos gostosos da minha infância. Quer saber? Vou testar essas galochas!

E de repente somos dois pulando no meio do caminho, feito crianças brincando na chuva, fazendo a água salpicar pra longe. Às vezes a catarse espera na poça ao lado.

Peixe atolado

Levo o Chico para uma caminhadinha vapt-vupt porque já era pra ter saído de casa há dez minutos. Tenho um compromisso na cidade, aonde, na verdade, nem sei se vou conseguir chegar com estas chuvas. Tem dois dias que não para de chover. E chove valendo. Estou até surpresa que a luz e a internet ainda estejam funcionando, pois aqui as árvores são muitas e os fios, expostos. Quando estamos prestes a sair, lembro que mais cedo a Administração do condomínio mandou um aviso, recomendando aos condôminos não circularem pela Alameda dos Cedros nem pela área do açude maior. Não circular pela primeira fica inviável, já que é a rua onde moramos. Descer para o outro lado, evitando o lago, seria até uma opção, mas acho mais provável uma árvore cair na minha cabeça lá do que na área aberta do açude. E não circular em geral não é opção alguma porque o Chico precisa do passeio dele, embora seja só uma voltinha expressa e com a chuva vindo de todos os lados. Então vamos.

— Rapidez, viu, mocinho?

Mas parece que Chico tem mais pressa do que eu; sai logo meio correndo, meio escorregando pela lama em direção ao açude com as bicas, onde ele adora brincar de pega-pega com a água. Chegando no campo de futebol, a cor branca das patas já virou cor-de-barro, meus tênis estão encharcados e o campo...

— Ué, cadê o campo?

Concentrada como eu estava nos pequenos deslizamentos que já haviam invadido a rua, nem tinha prestado atenção no barulho estrondoso com que o açude todo parecia descer pelas bicas, inundando a área de lazer e formando um rio que atravessava o campo de futebol no meio. Aliás, não se reconheciam mais as bicas; tinham se transformado numa cachoeira só, numa queda d'água descontrolada e pouco cheirosa. Mas, mais do que isso, me surpreende o fato de encontrar o Seu Biu da Administração, junto com um funcionário e um vizinho, todos eles de galochas, pegando chuva e apontando para algo vermelho entre as águas cinza. Um peixe gigante! A metade do corpo submerso e a outra fora da água, o póbi ficou encalhado no meio do campo. Meus pés afundam até os tornozelos quando me aproximo, enfio as mãos embaixo dele e tento arrastá-lo um metro mais pra lá, onde acho que a água está mais funda. Mas o peixe mal sai do lugar. Então começo a jogar água em cima dele. Não sei se isso faz algum sentido, mas não posso ficar só ali parada enquanto ele abre e fecha a boca, tentando não morrer. Percebo uma ferida perto da guelra; ele deve ter se batido em muitas pedras e troncos antes de vir parar aqui.

— Bora levar pro açude? — grito mais alto do que o barulho da água em direção aos homens. Mas eles não se mexem.

— Num dá. — Um nega com a cabeça. — Muito pesado.

— Mas somos quatro — insisto.

— Ele não tem como sobreviver — diz outro, categórico.

O terceiro virou de costas e parece muito animado, falando pelo celular. Ainda fico uns instantes ali, indecisa, sem saber o que fazer. Finalmente, Chico decide por mim. Cansado de pegar chuva, me puxa de volta em direção a casa.

Poucos minutos mais tarde, enquanto vou dirigindo pela estrada com o limpador de para-brisa a mil, fico rememorando a cena e me perguntando se nós quatro realmente não teríamos conseguido salvar o peixe, se eu – mesmo sozinha – não poderia ter feito algo a mais, se no açude ele não teria sobrevivido. Não sei. Mas tenho a leve suspeita de que terminou na mesa daqueles três.

Rua feito rio

Nesta região e nesta época do ano sempre chove, sempre choveu e sempre choverá. Ainda bem que aqui no condomínio a água tem pra onde correr quando não cabe mais nos canos e canais. Mesmo quando oitenta por cento das chuvas previstas para o mês todo caem em dois dias só, como aconteceu esta semana. Do lado de cá, o açude sangrou, as bicas se tornaram cachoeiras e a área de lazer alagou. Mas a única vítima fatal foi o peixe grandão que ficou encalhado na grama do campo. Durante alguns dias, a rua de casa ficará interditada por possíveis deslizamentos, que acabarão por não acontecer. E só. O lado de cá é o lado do privilégio. A pequena parte da sociedade que não precisa se preocupar quando cai oitenta por cento das chuvas previstas para o mês todo em dois dias só. Porque o máximo que acontece é que a piscina no jardim transborda ou que a empregada não consegue chegar.

Nada em comparação com o que as pessoas estão sofrendo nos bairros populares de Camaragibe, Olinda, Jaboatão e Recife. Ruas se transformaram em rios, barragens rebentaram, casas inteiras foram arrastadas pelas águas, pois lá não têm para onde correr. Casas, carros, motos, carroças, bichos, gente. Virou notícia nacional. Abaixo das manchetes, a nação toda pôde observar moradores tentando sair de um beco, com a água até o pescoço, levando o mínimo de pertences em sacos de plástico acima da cabeça. Nas redes sociais circula um vídeo de um grupo de crianças num telhado, esperando ser resgatado. Outra gravação mostra um motoqueiro caindo numa rua em Olinda e desaparecendo embaixo d'água – levariam dias até que achassem seu corpo. Seu Válter, que fornece verduras orgânicas para muitas famílias em Aldeia, perdeu quase toda a colheita. E enquanto o número dos mortos vai crescendo e crescendo, um bando de caras-pálidas faz carreira de jet ski em plena Avenida Recife.

Como explicação, sempre aquela frase: "A cidade não está preparada para as chuvas". E por que não está? Isso não é uma catástrofe natural, não é culpa do tempo nem da cidade em si. Não é coisa da natureza contra o ser humano. É descaso político. A cidade não pode se preparar sozinha. Se ela não está preparada, é preciso que a preparem – e não é suficiente querer segurar os paredões nos morros com lona plástica. Planejamento urbano que se chama. De fato, isso já deveria ter sido feito há tempo. Porque aqui sempre choveu, sempre chove e sempre choverá. E a época das chuvas está só começando.

Ao final de tudo, resta a pergunta: e a empregada? Por que ela não veio?

Inverno

— Que dia é hoje?
— O mesmo de ontem.
— Como assim?
— Dia de chuva.

A marcha fúnebre dos pássaros

5 de junho de 2022.

Não costumo datar minhas crônicas. No fim das contas são menos efêmeras do que um singelo dia. Mas hoje tem algo estranho pairando no ar. 5 de junho de 2022 – quiçá futuramente conhecido como o dia em que os pássaros calaram. Desde de manhã não ouço canto nenhum. Nem cedinho, quando tomava café na varanda, nem durante o passeio diário pelas trilhas, nem agora à tarde enquanto escrevo. De vez em quando meus dedos se detêm sobre o teclado, apuro os ouvidos: foi, lá ao longe? Não, não foi. No máximo, um tímido grilo rompe o silêncio que faz hoje na floresta. Nem um beija-flor entre as helicônias, nem um bem-te-vi no fio da luz ou aquela saíra pequenina, azul com preto e amarelo, que vem comer as bagas da dracena. Só um bando de urubus, desenhando seus círculos mórbidos no ar. Bem alto. Faz tempo demais que estão lá. O que será que está acontecendo, nesta mata e em outras?

Nos próximos dias, os jornais haverão de trazer alívio, triste certeza ou mais mistérios. Brasil, 5 de junho de 2022.

Acauã cantou

Acauã cantou
Floresta chorou
Acabou, acabou.

Estamos tomando café na varanda, quando uma risada bizarra rasga o silêncio suspeito que há dias reina na floresta.

— Que pássaro estranho! — Olho para a Larissa, que parou de mastigar seu inhame e franze a testa.

— Acauã — diz ela devagar. — Traz más notícias.

— ...

Não demoram a chegar. É 16 de junho de 2022, dia em que o mundo fica sabendo da morte de Bruno Pereira e Dom Phillips, desaparecidos em 5 de junho no Vale do Javari, Amazonas. Até ontem a polícia investigava um possível homicídio, hoje o acauã e os jornais trouxeram a triste certeza. Indigenista um deles, jornalista o outro, os dois lutavam de mãos dadas com os povos indígenas da região pela proteção da Floresta Amazônica. O livro *Amazônia, sua linda*, que Dom estava escrevendo, nunca será concluído. As denúncias sobre invasões e atividades extrativistas ilegais, coletadas por Bruno, foram apagadas quando os disparos atravessaram sua vida.

O que fica é tristeza, é indignação, é dor. E perguntas: a quem interessava calar Bruno e Dom? Por que o governo federal (sim, a minúscula é proposital) demorou tanto para acionar o Comando Militar da Amazônia, preparado para missões de busca e salvamento? Que tipo de chefe de estado é esse que perde tempo com difamações em vez de dar a ordem para iniciar a busca? E quem deu a ordem do crime, quem são os mandantes? De onde vem a pressa da polícia em encerrar o caso em tempo recorde, em declarar, antes de apurar todas as perícias, que não há mandantes? Por que os órgãos responsáveis vêm ignorando as várias denúncias feitas pela União dos Povos Indígenas do Vale do Javari, com informações concretas sobre atividades criminosas na região? Aliás, quem se esforçou desde o primeiro dia para encontrar Bruno e Dom, segundo Eliane Brum, jornalista que mora na Amazônia, foram os indígenas: "Fizeram por dois homens brancos o que o Estado e suas forças de segurança sustentadas por dinheiro público não fizeram".

E falando em fazer: o que nós podemos fazer diante disso tudo? Eu, você, a humanidade toda que respira e que precisa da Amazônia em pé para continuar respirando. Mas não, a pergunta está malfeita. Não é "o que podemos fazer?" e sim "o que precisamos fazer?". Porque alguma coisa precisamos fazer – e urgentemente – para que, num futuro próximo, todos nós possamos continuar respirando. Dom e Bruno lutavam por isso. Continuemos sua luta. Seja na linha de frente, seja na linha de trás ou mesmo entre as linhas, mas continuemos. Não deixemos que mais um crime fique impune; já foram demais. Continuemos questionando, cobrando justiça – por Dom, Bruno e por todos os outros que já se foram. Continuemos perpetuando seu legado, seu trabalho, sua importância. Continuemos defendendo a floresta – que é a própria vida e nosso futuro.

Em memória de:
Bruno Pereira
Dom Phillips
Márcia Nunes Lisboa
Joane Nunes Lisboa
Zé do Lago
Vitor Fernandes
Márcio Moreira
Alex Recarte Vasques Lopes
Daiane Griá Kaingang
Ari Uru-Eu-Wau-Wau
Marcos Arokona
Cacique Emyra Wajãpi
Maxciel Pereira dos Santos
Paulino Guajajara
Firmino Praxede Guajajara
Raimundo Benício Guajajara
Francisco Sales Costa de Sousa
Dilma Ferreira da Silva
Claudionor Costa da Silva
Milton Lopes

Demilson Ovelar Mendes
Rosane Santiago Silveira
Edmar Valdinei Rodrigues Branco
Bernardino Goulart
Maria do Espírito Santo
José Cláudio Ribeiro da Silva
Dorothy Stang
Cacique Chicão Xukuru
Chico Mendes
todas as crianças e adultos Yanomami
e tantos outros que perderam suas vidas
desde 1500.

Cobra coralinha

I

Num beco do condomínio encontrei uma cobrinha coral. Cabeça cortada, espetada num graveto, ficou feito aviso à beira do caminho: cuidado, não ande por aí colorida demais.

II

Lembra de uma crônica minha,
intitulada *Cobra coralinha*?
Pequena e poética – ou quase,
se não houvesse o detalhe
de ter no meio dela
uma cobrinha torturada.
Aliás, no meio não: no início, no meio e no fim.

Dizem que a crônica é efêmera:
a que você publica hoje
amanhã não interessa ninguém.

Porém,
tem aquelas que ficam,
e essa nunca saiu de mim.

A moral da história

Encontrei uma cobra coral apedrejada em plena área de lazer. Era falsa, que nem os moralistas deste Brasil. Mas menos perigosa.

Aldeia dos Camarás

— *Ja'a jaguatá,* vamos caminhar!

Assim que ouve o comando, Chico vem correndo, senta do meu lado e empina o focinho para eu colocar o peitoral.

— Muito bem, *jaguá-i*! — elogio.

Eu queria mesmo era ter aprendido tupi, mas o curso era aos sábados de manhã, e o que quero fazer num sábado de manhã, muito mais do que aprender qualquer coisa, é dormir. Logo optei pelo guarani. Não tem a ligação com o Nordeste que o tupi tem, mas meu coração de linguista é fácil de agradar. Foi assim que, durante três meses, passei as noites de segunda-feira sentada em frente ao computador, ouvindo o *xamoi* contar sobre cultura, lutas e língua do povo guarani. Aprendi que, no dia em que Nhanderu resolveu criar a Terra, encontrou o globo cheio de água. Então jogou um punhado de areia em cima e fez o primeiro animal: o tatu, que o ajudaria a espalhar a areia para formar os continentes. Sim, na mitologia guarani, Deus criou primeiro um tatu. Depois, quatro deuses menores para administrar o trabalho na Terra e só depois o homem. Aliás, o homem não, o ser humano. Aprendi também sobre a relação do povo guarani com a natureza, sobre os guardiões da floresta, os espíritos da montanha. E aprendi algumas palavras e frases dessa língua complicada e fascinante, que agora, após o curso, continuo praticando com Chico, meu companheiro de longos passeios.

Enquanto nos afastamos de casa pela rua de terra batida, Chico corre atrás dos gravetos que vou lançando para longe.

— *Tereó!* — E ele vai.

— *Eju apy!* — E ele vem.

Encontramos o açude calmo. Já vi peixes grandes, jacarés pequenos, cobras, cágados e capivaras nadando naquelas águas, mas hoje se espelham nelas apenas as poucas nuvens brancas do céu. Sedento após a brincadeira, Chico se refresca com a *y-y* transparente, antes de pedirmos licença aos *xondaro* e *ka'aguy nhe'ẽ* para adentrar na floresta. Viemos para apreciar, digo em pensamento, como aprendi nas aulas das segundas-feiras. Logo entramos na mata, naquele mundo calmo e misterioso, onde, rodeada de árvores, respiro o cheiro úmido de terra e plantas, ouço o murmúrio da brisa entre as folhas, admiro os cogumelos e as *yvoty* à beira do caminho: vermelhas, amarelas, rosa, brancas. Sinto dezenas de olhos nos acompanhando, enquanto sigo o Chico pela pequena trilha. Vez ou outra me detenho para observar a reprodução de lagartas, cheirar uma flor ou acariciar a casca áspera de um tronco.

De volta em *o'ó*, ligo o computador. Faz tempo que quero saber mais sobre os Camarás, o povo que deu nome ao lugar onde moramos: Aldeia dos Camarás. Mas só acho informações sobre condomínios, aplicativos de entrega e retiros espirituais. Então vou pelo município: Camaragibe – em tupi: Terra dos Camarás, como informa a placa de boas-vindas na estrada. Só que... nenhuma informação sobre esses últimos. Na maioria das páginas, fala-se rápida e genericamente sobre "índios" que teriam habitado estas áreas antes da chegada dos portugueses, só para logo se estender, por parágrafos e parágrafos, sobre os engenhos da cana-de-açúcar. Quanto ao nome, "Camarás" supostamente se referiria a um arbusto presente na região. Ou seja: vivemos em terra de arbusto?

Não posso deixar de lembrar que a Assembleia Provincial do Ceará, lá por 1866, chegou a declarar a inexistência de indígenas no território, ignorando todas as etnias ali presentes. Tudo isso para beneficiar a quem lucraria com a expropriação das suas terras. Tapeba, Pitaguary, Jenipapo-Kanindé, Anacé, Tapuya-Kariri, Kanindé, Tremembé, Gavião, Kalabaça, Potiguara, Tabajara, Tubiba-Tapuya, Tupinambá, Karão Jaguaribaras, Kariri – se hoje são oficialmente quinze os grupos indígenas no Ceará, imagina no século retrasado.

Será um caso parecido aqui em Pernambuco? Um caso de falsificação histórica, de invisibilização de um povo por interesses econômicos, de negação de direitos a quem poderia exigi-los? Não me surpreenderia. No fim das contas, os povos originários lutam há séculos contra um Estado que omite sua existência e saqueia suas terras.

Sigo incontáveis links, pulando de página em página, até que finalmente encontro uma referência aos indígenas Camarás. E tem mais: conversando com um amigo camaragibense, ele relata que antigamente os locais entendiam o topônimo assim mesmo, como nome de um povo. Com o tempo, porém, a outra versão – a dos arbustos – prevaleceu. É a versão oficial hoje em dia. E a gente sabe quem dita as versões oficiais, né? Mas tenho esperança: dia desses conheci uma criança daqui de Aldeia. A menina jura ter visto, na floresta atrás da casa, uma família indígena: velhos e jovens, *kunhangue, avangue, kyringue.*

— Estão aqui sempre — me conta. — Andam pela mata, conversam, cantam, as crianças correm e brincam.

Ninguém mais vê, mas eu acredito. E espero que estejam por aqui mesmo. No fim das contas, esta é a terra deles. Aldeia dos Camarás, Camaragibe, Pernambuco, Brasil.

Intrusos

Que dia tão bonito este! Até parece que o mundo está em ordem. Sentada na orla do açude, os pés mergulhados na água, cabeça nas nuvens, deixo meu olhar virar libélula. Aqui e acolá se detém junto a uma vitória-régia em branca flor ou a pequenas ilhas de plantas sem fama. Vez ou outra, a superfície lisa se mexe em anéis ondulados, provocados por algum peixe ou pássaro em busca de alimento. Do outro lado, meia dúzia de vacas estão pastando na paisagem verde. No fundo, idílicas colinas cobertas de grama. Há quem veja uma silhueta de jacaré ali, outros dizem que é tartaruga. Eu só vejo um desenho de elevações onduladas, sem casas nem nada além dos animais marrons e malhados. Mas algo nesta imagem me causa ruído e minha leve libélula perde o equilíbrio. Cai nas profundezas, onde se afoga entre minúsculas ondas despercebidas.

Já sei, são as árvores que faltam. Por vezes me pego olhando para algum campo e achando lindo, até lembrar que um dia tudo isso foi floresta. Já me aconteceu com plantações de cana. O verde engana, pinta de bonito. Que nem aquelas pacíficas vacas, absorvidas na sua mansa lentidão. Não sabem que daqui a poucos anos talvez essa grama suculenta tenha virado asfalto. Ruas de concreto para facilitar o acesso às mansões que beirarão o açude. Com frente de vidro e varandas viradas para o lago, as mais chiques com trapiche ou garagem para barcos. Os jacarés terão migrado para águas distantes ou terão sido expulsos – para garantir a tranquilidade dos banhistas e o lucro das empresas imobiliárias.

Ou, se tudo der errado, talvez o açude nem exista mais, agonize seco sob o peso ou as consequências de outras construções. Entre arcos viários, escolas de sargentos e vilas olímpicas com parque de tiro, a desgraça tem muitas opções. Já vem se anunciando, com cheiro de queimadas e disparos de caçadores ilegais.

Mas, e eu? Eu com meu gato que caça os calanguinhos no jardim, o jardim que um dia foi coberto de floresta, a casa com suas janelas que enganam os pássaros, e suas paredes que os prendem; eu que, embora tente pisar macio, também sou intrusa nesta mata, que não sou planta nativa daqui. Quem estou querendo enganar com minha prosa?

De morte natural

Era de noite, eu cansada, com fome, a pia cheia de louça. O Chico tinha transformado sala e cozinha numa zona. Pedaços de madeira, pedrinhas, fibras de coco, areia, folhas espalhadas pelo chão. Pegadas de lodo, formigas, goteiras. Dez horas, a janta ainda por fazer, zero ânimo para varrer. Pego um pano da área de serviço e o coloco no chão da cozinha. Meus pés descalços agradecem o conforto do tecido limpo e seco. Mas assim que piso nele, um pequeno estalo, um vibrante zumbido embaixo do meu pé.

Levanto o tapete devagar e percebo à primeira vista o dano que causei: o senhor ou senhora esperança, que inocentemente tinha escolhido o pior lugar para pernoitar, agora está quebrada ao meio, com um tipo de bolsinha branca – as vísceras, imagino – saindo da ferida. Sem grito nem sangue, a morte pairava em silenciosa ameaça sobre o pequeno inseto violentado. Tento apanhá-lo com um guardanapo, fazer alguma coisa para salvá-lo, mas o pobre se esquiva de mim, arrastando a bolsa com suas entranhas pelo chão da cozinha e para baixo do fogão. Machucado do jeito que está, só a adrenalina da morte iminente é capaz de lhe dar as forças necessárias. A morte iminente, para ele, sou eu. Morre de medo de mim e talvez morra do peso do meu pé sobre seu corpinho verde. Ele não está na minha cozinha, minha cozinha está na casa dele, no habitat dele, que é o mundo que nos rodeia. Eu que invadi o terreno dele com minha cozinha e meus panos de chão e meu fogão que, pelo menos, agora lhe serve como refúgio. De mim.

Pior que eu, só as formigas. Elas não vão ficar de bobeira: já as vi despedaçando uma lagartixa viva. Ela se revirava sem chance entre os pequenos porém muitos maxilares, que minutos depois carregaram seus restos mortais mato adentro. Imaginar as formigas grudadas naquela bolsinha branca da esperança, comendo-lhe as vísceras, me dá gastura. Não será melhor matá-la logo, poupar-lhe o sofrimento de uma morte lenta? Mas quem sabe as formigas não vêm. Quiçá ela sobreviva. Sempre resta a esperança.

Está decidido: não vou rematá-la. Vou deixá-la tranquila, em paz, se recuperando embaixo do fogão. E se mesmo assim não resistir, vou dizer que foi de morte natural. Minha consciência logo debocha: "Bem natural, né? Tipo Tiradentes, '...que com baraço e pregão seja levado pelas ruas públicas desta Cidade ao lugar da forca e nela morra morte natural...'". Às vezes fico de cara com minha memória. Bem que poderia me lembrar de prazos do trabalho ou aniversários das amigas, mas não, lá vem ela com um trecho de uma sentença de 1792 que li alguma vez há anos em algum museu. Sei não, viu...

Mas a boa notícia é que no dia seguinte, ao descer à cozinha, encontro meu pequeno Tiradentes sentado no pano de chão. A ferida quase fechada, a bolsinha branca guardada do lado de dentro. O tempo fez milagre, as formigas não vieram, a ameaça desvaneceu. Pego o tapetinho com ele em cima, levo-o para fora, coloco no gramado. Quando ele quiser, sairá pulando. Desta vez, escapou da morte.

Ela, enroladinha

Foi no passeio da tarde, já ia escurecendo. Subíamos pela ladeira do açude menor, quando meu olhar caiu sobre um gato sentado num dos jardins, em frente de uma casa.

— Olha esse candidato à fofura! — falei pra Larissa.

Ao que ela respondeu:

— Aquilo ali é uma cobra?

O que, à primeira vista, pode parecer um diálogo dadaísta deu lugar a uma treta maior. Porque era cobra mesmo, e não de qualquer tipo: uma bela surucucu, também conhecida como pico-de-jaca. Grossa como minha canela, cor-de-tijolo com desenho preto nas costas, uma das mais venenosas do Brasil. Naquele momento tranquilamente enroladinha, a uns dois metros do gato fofo.

— Ô de casa! — começamos a chamar. — Ô de casa!

Finalmente apareceram na varanda um casal e uma criança.

— Tem uma cobra aqui, viu. Só avisando.

— Onde?

— Bem aqui, ó. Do lado do gato.

— Meu Deus, ela vai comer o Rei! — desesperou-se o menino.

Em seguida começaram a jogar objetos do alpendre: regador, brinquedos, até um vaso com planta e tudo veio voando na nossa direção. Ainda hoje estou na dúvida se miravam a cobra, o gato ou a gente. Fato é que a primeira, até esse instante boazinha que só, começou a se irritar. Batendo o rabo contra o chão, emitia um barulho de chocalho, parecido com o da cascavel. O que chamou a atenção do gato. Levantou-se, curioso, e foi ver de onde vinha o batuque. Mais desespero na varanda. Como haviam ficado sem objetos por perto, comecei a lançar uns galhos da rua para espantar o gato valentão. O Chico achou que fosse com ele e correu atrás, arrastando a Larissa. Mó gritaria. Por coincidência, nesse momento passou a ronda motorizada do condomínio. Ou talvez algum vizinho tivesse avisado sobre gritos e objetos voadores perto do açude menor e pediu para darem uma olhada. Inicialmente nem foi tão ruim assim: Chico virou a atenção para as motos, o gato se mandou e os habitantes da casa se tranquilizaram ao ponto de conseguirem falar com os vigias. Mas logo a situação piorou:

— Eu acho que a gente deveria matar. Mas não pode, né? Fazer o quê...

— Por mim, mata! Já viram ela várias vezes por aqui. O povo achou bonito e deixou. Bando de abestados!

— O povo acha tudo bonito enquanto não for no jardim deles.

— Será que foi ela que comeu os gatinhos?

— Ah, com certeza! Tá vendo o tamanho dela? Cabem uns três filhotes aí.

— Se ela comeu meus gatos, só sai daqui morta!

— Ninguém vai matar ninguém, não — interveio a Larissa agora. — Aqui é APA, não pode matar.

Enquanto ela ficou para vigiar os vigias e vizinhos, eu fui correndo pelas ruas próximas em busca de apoio. Só encontrei o homem nu. Ao ouvir de que se tratava, prontamente interrompeu seu banho de mangueira, vestiu uma calça e me acompanhou. Nesse meio-tempo, os vigias haviam ligado para um estudante de biologia que mora num condomínio perto e já saiu na imprensa local por capturar as cobras que aparecem nas casas por lá. Ganhou fama e apelido: Rodrigo Surucucu.

— Vocês mexeram com ela? — perguntou assim que botou o olho na bichinha. — Nunca vi uma tão estressada.

Com movimentos hábeis e uma vara longa que terminava num gancho, ele levantou a cobra. Ao invés de partir pro ataque e fazer uso do veneno que possui, ela tentou fugir. Confesso que torci por ela. Mas Rodrigo previu seus movimentos e conseguiu enfiá-la numa caixa de madeira. Fechou a tampa e pronto. Antes de levá-la embora, deu uma palestra: embora venenosa, a surucucu só ataca quando se sente ameaçada. Também é improvável ela ter comido os gatinhos da vizinha. Come é rato – não é prático? Devia ter um monte naquele jardim, que a póbi comeu antes de se enrolar ali mesmo para dormir e fazer a digestão. Se não fosse pela surucucu, ele diz, Aldeia dos Camarás seria Aldeia dos Ratos. Falou também do alto valor que ela tem para a ciência, para a medicina, para desenvolver o antídoto. É isso que vai fazer com ela: levá-la a um laboratório. Depois vão soltá-la na mata de novo. Ele prometeu e eu espero. Também comentou sobre o alto valor da surucucu no mercado clandestino. Porque é muito rara.

Então não se pode chamar qualquer pessoa para retirá-la. Tem que ser de confiança. Ele mesmo só pega quando a cobra está na casa ou jardim de alguém. Se estiver na mata, deixa ela lá. No fim das contas, aqui é APA.

Tudo isso me serviu de aprendizado: a próxima vez que encontrar uma cobra mimindo enroladinhamente num jardim, não vou avisar coisa nenhuma pra ninguém.

O último lance

Ainda estou impressionada com a história que a Érika, uma das jardineiras do condomínio, me contou ontem: estava ela mais outros funcionários almoçando numa das mesas junto ao açude, à sombra de um grande bambuzal, quando de repente caiu, lá do alto, uma cobra – bem em cima da marmita dela. Fez pular o arroz, o feijão e todos que estavam sentados à mesa.

É por isso que hoje, enquanto passeio com o cachorro, fico olhando para cima, analisando os galhos que cruzam o caminho lá nas alturas, antes de passar por baixo deles. Só nos trechos descobertos volto meu olhar para o chão e pego algum graveto. Assim, vou lançando um atrás do outro e Chico corre para apanhá-los, feliz. Os galhos são tão diversos quanto as árvores que beiram nosso caminho: marrons, brancos, cobertos de musgo, avermelhados, finos, grossos, curtos, compridos, pesados, leves, úmidos, secos, podres, firmes; há aqueles que quebram e se desfazem no ar e outros que voam longe... Parece-me, embora isso talvez seja coisa de escritora, que alguns têm forma de letras: vejo is, ípsilons, jotas, cês e ésses – para falar somente do alfabeto latino.

Às vezes finjo que vou jogar um para um lado, deixo Chico se adiantar e quando ele já está uns dez metros à frente, se achando o inteligente por esperar o galho a meio caminho, me viro para o lado oposto e o lanço para lá, fazendo ele correr o dobro. Mas Chico não é bobo. Após poucas vezes entendeu o truque e agora fica mais perto, os olhos focados no graveto na minha mão, ansioso por vê-lo sair voando.

Numa dessas me agacho para pegar mais um. Nem muito fino, nem grosso, mais longo do que curto e de formato ondulado – vai dar um belo lance. Enquanto Chico saltita à minha volta, percebo que esse graveto é diferente: a superfície marrom é lisa, quase suave, e, apesar de não ser mole como os podres que quebram ao primeiro toque, também não é duro como aqueles que voam bem longe. E mais: este daqui tem olhos. E não estou falando daqueles orifícios redondos que tem nos troncos de árvore e que chamamos metaforicamente de olhos. Não, estes daqui não têm nada de metafóricos; são olhos bem reais, pequenos e pretos como duas bolinhas de gude. Estão me encarando nada amigáveis.

Chico late impaciente. "Cadê?!", parece estar dizendo. Sua respiração vem acelerada de tanto correr e vinte centímetros da língua cor-de-rosa estão pendurados para fora da boca. "Joga, joga, joga!", insiste com o olhar. Neste momento o galho começa a se mexer. Em linhas onduladas serpenteia no ar, tenta se livrar da mão que o prende. Revira sua cabecinha – porque agora eu vejo que não só tem olhos, mas uma cabeça todinha, estreita e achatada. Enxergo até as pequenas narinas, a boca se abre, a língua não é cor-de-rosa, mas é comprida que nem a do Chico, dente também tem, Chico late, quer o galho, o galho que não é galho, o galho que quer sair da minha mão, e a minha mão quer soltar o galho, quer soltá-lo como nunca quis soltar nada nesta vida, mas se soltar, o Chico vai pegar ou então o galho vai pegar o Chico; o galho que não é galho.

O que que eu faço? Lanço? Solto? Jogo? Hesito.

A arte é longa

Semana passada peguei dengue, ontem quase pisei numa cobra e ainda agorinha uma vara de bambu quebrou bem do meu lado. Entre o estalo e o susto, não coube tempo pra correr. Em plena queda, uma das folhas compridas açoitou minha face.

Acho prudente terminar este livro logo.

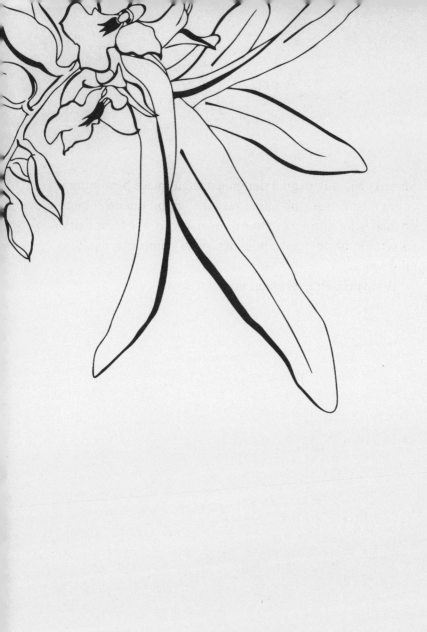

IV

IPÊ-AMARELO

Mantra

Acordo com um raio de luz penetrando a escuridão do quarto e fazendo cócegas no meu nariz. Pestanejo uma, duas, três vezes. Devo estar sonhando. Com o corpo ainda pesado de sono e sombras, rastejo para o outro lado da cama. Deitada de bruços, estendo a mão e afasto a cortina. Espio para fora. E lá está ela! No meio das flores do ipê, nos botões sutis da pitangueira – logo mais crescerão as frutas vermelhinhas –, no *uit! uit! uit! picuá!* do alma-de-gato, na cor celeste do céu. O Salém mia assustado quando pulo da cama e abro as cortinas de vez. Faz quanto tempo que não a vejo? Meses, meses que parecem anos. Mas agora não mais importa, ela está bem ali! Uma onda de ternura me invade, cresce e toma conta de mim. De repente volto a sentir, a me sentir, a fazer sentido. Vontade de começar o dia, abraçar, beijar, escrever poesia. Aprender tupi, correr uma maratona, fundar um partido. Viver, viver, viver.

Abro a janela, arranco o pijama e ofereço-lhe pálpebras, lábios, plexo solar. Encho os pulmões até não caber mais. Respiro a terra quente e úmida, o perfume doce de madeira, o mormaço que emana do chão. Respiro o verde das folhas, o azul do firmamento, o brilho dourado da luz. Respiro o canto dos grilos, o voo da borboleta e a brisa entre as pétalas e meus cílios.

E meu cabelo que se mexe,
minha pele que avermelhece,
e o desejo que aquece,
tudo em mim floresce,
tudo pulsa e respira e é vida,
tudo tudo se arrepia.

Junto as mãos em frente ao peito, fecho os olhos, me entrego, confio, aceito e agradeço. Cumprimento a primavera com uma saudação ao Sol.

Superação

A açucena de casa já tinha visto tempos melhores até o gato começar a usar seu vaso como banheiro. Também não gostou de trocar a varanda do Papicu pela sala no Meireles. Vivia sob ataque de uns bichinhos brancos e felpudos, que de quinze em quinze dias retirávamos com um pano úmido. Tampouco curtia isso. Encolhia-se, diminuía cada vez mais, parecia querer minimizar as forças para se concentrar na sobrevivência. Em mais de quatro anos nem sinal de flor. Só aquelas folhas compridas, poucas e sofridas. Nós a mudávamos de lugar, dentro das restritas possibilidades que o apartamento oferecia. Do seu lugar ao lado do sofá, abençoado pelo sol da manhã, foi para as sombras fresquinhas do escritório e de lá para o ambiente úmido do banheiro. Nada. No melhor dos casos não piorava.

Quando viemos morar em Pernambuco, não a confiamos, como as outras plantas, ao caminhão de mudança. Trouxemos o que pareciam seus restos mortais dentro de um saco plástico no porta-luvas do carro: não eram mais do que dois bulbos com uns tocos verdes na parte de cima. Uma sombra dela mesma. Aqui em casa a plantamos no jardim, na sombra da pitangueira, onde poderíamos observá-la da varanda. Os bichinhos brancos nunca mais apareceram e as formigas preferiam as folhas do pé de pimenta. Pouco a pouco, com dificuldade e demora, voltou a crescer. Passaram quase dois anos, quando, aparentemente sem motivo, ela começou a murchar de novo. Agora já era, pensamos. Mas hoje de manhã, ao pôr a mesa para o café na varanda, fomos surpreendidas por uma repentina mudança colorida no jardim. Entre as raras folhas da açucena, um longo caule verde apontava firme em direção ao céu. E lá no alto, o mais belo desenho de pétalas alaranjadas.

Florescer requer força. E às vezes precisamos nos recolher, nos voltar para dentro, nos concentrar na essência, para podermos florir novamente.

Vovô flui no fundo do quintal

No fundo do quintal tem um igarapé,
um igarapé tem no fundo do quintal.

No livro *Ideias para adiar o fim do mundo*, Ailton Krenak escreve que o rio Doce não é simplesmente um rio. É seu ancestral, Watu, o avô dos Krenak. Por isso, não pode ser tirado do povo dele, desviado das suas terras, privatizado, comercializado. Porque não é uma mera porção de água em movimento. É gente, espírito, história, vida. É vivo.

No fundo do meu quintal tem um igarapé. No verão, suas águas saltitam cristalinas sobre o leito de areia e seixos. Já na época da chuva, transbordam turvas pela beira, carregando tufos de mato, insetos mortos e pedaços de madeira. Parece eu: brilho junto com o sol na alegria do verão, danço feliz sobre o chão que a vida me oferece, meus olhos límpidos se abrem num sorriso celeste. Já no inverno, me arrasto, opaca e revoltada, nuvens adentro, em busca do fim.

Puxei muito ao vovô.

Olha onde você pisa

Terra batida fresquinha enfeitada com manchas de sol, poças, pegadas de patas, rastros de pneus em lama marrom, paralelepípedos, musgo, pedrinhas afiadas, seixos lisos testemunhando grandes fluxos fluviais, sonhos, folhas compridas de samambaia e bambu, varas ocas atravessando o andar, cogumelos extraterrestres, grama, gotas de orvalho e dente de leão, pele de cobra, algo que se mexe, urtiga, rasteira, raízes, vulcãozinhos-formigueiros, buracos-casa de alguém, pedaços de pau, galhos, gravetos, um ninho caído, pena, branca casquinha, passarinho nu, estrada de formigas na hora de pico, pétalas amarelas e véu-de-noiva mordido, minúsculas florzinhas, procissão de lagartas-de-fogo, minhocas, frutinhas machucadas no chão, caroços de acerola, pitanga, azeitona preta, carambola, casca de jaca, gomos suculentos, a natureza em carne viva, espinhos, um finalzinho de rabo desaparecendo no mato, córrego, tábuas de madeira, coração riscado na areia, vida, folhas secas crocantes, besouros, caranguejeira rebocada por um vespão, sapos, rã, lagarto – não, filhote de jacaré! –, sementes de dendê, cigarra morta ou fingindo, ladeira escorregadia, bicho-preguiça em câmera lenta, futuro de outrora.

Vamos de novo, descalços agora?

A luta do bem-te-vi

A paisagem no jardim tem mudado nos últimos dias. Uma mudança sutil entre as folhas da pitangueira. Uma pequena construção em formato de tubo, feita de galhos ainda mais finos do que os da árvore que a sustenta: um ninho de bem-te--vi. Junto com a mudança no visual, mudou também o som ao redor. O piar exigente entre a folhagem aumenta cada vez que um dos pássaros adultos se aproxima pelo ar. Daqui da mesa da varanda, consigo enxergar a entrada do ninho, os biqui-nhos abertos para receber a minhoca ou um pequeno inseto trazido pelo pai ou a mãe. Depois de encher o papo da prole, ainda ficam uns instantes pousados perto do ninho. Movendo a cabeça para um lado e para outro, parecem analisar o chão, o tronco e os galhos da pitangueira em busca de algum perigo. Mas é questão de segundos até saírem voando novamente, atrás de qualquer coisa para encher os bicos famintos. Um incansável ir e vir pelos ares do quintal.

Por volta do meio-dia, ainda estou sentada à mesa escre-vendo, quando a trilha sonora muda. Agora é um grasnar estridente, histérico, vindo do jardim. Levanto os olhos da tela e me deparo com uma cena diferente: agora dois bem--te-vis grandes estão tangenciando o ninho em voos arrisca-dos. Meu primeiro pensamento é que um deles deve ser um ex-namorado da mãe dos filhotes. Enciumado, nunca aceitou a separação e agora está obcecado em invadir o ninho onde a ex-companheira mora com marido e filhos. O outro pássaro certamente é a mãe ou o pai, a proteger ninho e ninhada contra o agressor.

Ainda estou observando o alvoroço e tentando descobrir quem é quem nessa telenovela da natureza quando percebo uma coisa estranha em cima do ninho. Parece uma corda marrom, só um pouco mais escura do que a cor dos gravetinhos que abrigam os passarinhos. A corda se mexe. Nada de ex-namorado ciumento; frente aos meus olhos o casal Bem-te-vi está tentando defender a bicotaços seus filhotes contra uma cobra!

Enquanto eles a atacam em voo picado, perfurando sua pele aqui e acolá, ela continua no seu intento, e eu desço da varanda desesperada. Como ajudar os passarinhos? Corro pra lá e pra cá em busca de algum objeto para espantar a cobra. Já sei, água! Pego a mangueira e toma isso, sua comedora de criancinhas! Entre o jato gelado e os bicaços ela finalmente abandona o ninho. Desce elegantemente pelo tronco fino da pitangueira, passa para a grama e daí para o terreno da vizinha. No meio do corpo esbelto, um inchaço. Os bem-te-vi-zinhos.

Os dois pássaros maiores ainda ficam um tempo esvoaçando ao redor do ninho. Depois vão embora. O silêncio volta ao quintal. Nos dias seguintes, de vez em quando, uma saíra amarela ou uma pequena lavandeira se aproxima da pitangueira. Bica uma das frutas vermelhas ou rouba um gravetinho para construir morada nova e pôr seus ovinhos.

São ciclos, digo para mim. São ciclos.

Reencarnação

Não tenho medo de morrer.
Mas de morrer e renascer.
Renascer como pássaro.
Como pássaro numa gaiola.
Numa gaiola outra.

Coisas da Yvonne

Ouvi da minha vizinha Rebeca sobre um diálogo entre ela e o namorado, dia desses, ao saírem de casa:

— Olha, amor, uma pele de cobra!

— Onde?

— Bem aqui, em cima do portão.

— Estranho... como se alguém tivesse colocado aí.

— Deve ser coisa da Yvonne.

Aparentemente, com o tempo consegui desenvolver um estilo próprio. E hoje, até os vizinhos reconhecem as doidices da minha autoria. Fiquei feliz em saber.

Bicho que dá medo é galinha

Uma noite, estava eu enviando uma crônica a um amigo-escritor de Fortaleza que está criando um novo portal de literatura, quando recebo uma mensagem urgente do homem nu:

— Tem uma pico-de-jaca aqui na ladeira do açude menor... Um entregador viu e me avisou... Avisou também nas casas mais próximas.

Não perco tempo e mando logo um áudio, ao mesmo tempo que corro para acordar a Larissa, pegar o guarda-chuva e calçar as botas:

— Droga, eles vão querer matar. Tamo indo praí, chama o Rodrigo Surucucu!

Meia hora mais tarde, de volta em casa, retomo as mensagens com meu amigo:

— Desculpa, tive que sair na pressa para evitar que matassem uma cobra.

Como prova mando uma foto ruinzinha, meio escura, distante e atrapalhada pela chuva, mas que ainda assim permite ver a beleza preta e rosa da entidade enrolada no canto da rua.

— Nossa, é grande! — ele se espanta. — E alguém queria mesmo matar?

— Não, ainda bem. Chegamos lá, já tinha quatro vizinhos, todos fiscalizando para que ninguém matasse.

— Haha.

— E no final, a bichinha cansou desse público todo e entrou no mato. Fez bem.

— Eu não conseguiria morar num lugar assim. Tu não tem medo, não?

— Não. O povo tem muito medo de tudo. Medo de cobra, medo de rã, até das póbi das lagartixas... Mas as cobras não querem nada com a gente, é só não mexer com elas. E são lindas!

— Sim, sim, eu acredito. Mas sou muito urbano, me assusto até com passarinho... Morro de medo de galinha, imagina.

— Ah, de galinha também tenho medo — confesso. — Elas matam cobra.

— Tá vendo?

Rabinho de arco-íris

São umas dez da noite de um domingo, quando o celular toca. É a Rebeca, vizinha que mora na rua do açude menor. Deve ser engano ou emergência – ela nunca me liga, muito menos num horário assim. E, enquanto ainda estou aqui olhando para o nome na tela e pensando como é estranho a Rebeca me ligar, ela desliga. Segundos depois, uma mensagem:

— Mulher... — ela pula todos os preliminares e vai direto ao ponto: — Me passa o contato do cara da cobra. Tem uma grandona aqui no quintal.

O texto vem seguido por uma foto mal iluminada de um pedacinho do muro esverdeado pelo musgo e enfeitado com um pedação de rabo colorido: um desenho de círculos e manchas – algumas claras, outras escuras – sobre um fundo roxinho. Aqui e acolá um toque de amarelo. A julgar pela grossura do rabo, a maior parte dela deve estar encoberta pelas plantas do jardim e sombras da noite. E a julgar pelas cores, é uma cobra salamanta ou arco-íris. Além de grandona, bonitona.

Confesso que estou com inveja: essas lindezas sempre aparecem na casa da Rebeca. O que ela tem que eu não tenho?

Máximas da mata

1. No inverno, úmido é o novo normal. Isso vale para tudo, incluindo calçados, calcinhas, colchões e cachorros.
2. Nada está a salvo do mofo. (Enquanto escrevo isto, uma fina capa de fungos invade a tela do computador.)
3. Depois da chuva vêm as mutucas.
4. Nunca subestime nenhum animal. Por vezes, um mosquito é mais esperto do que a gente.
5. As formigas sabem mais sobre o tempo de amanhã do que qualquer aplicativo.
6. Uma árvore cai mais rápido do que a gente imagina. Saibamos quando correr.
7. Mesmo que você não as ouça, não significa que as plantas não falem.
8. Nem tudo é o que parece: uma folha seca pode ser uma borboleta que finge ser uma folha seca. Ou pode ser apenas uma folha seca.
9. Olha onde você pisa.
10. Não tenha medo das cobras. A maioria é menos perigosa do que muita gente por aí.

Ciclos

Mudança tem esse algo. Algo de gostoso, de novidade, de recomeço. Algo mágico.

Mais uma vez tiramos poeira – e mofo – dos livros e discos, doamos roupas, enrolamos a rede. Armada na varanda, ora sob o sol da tarde, ora sob o céu estrelado da noite, seu tecido macio será para sempre um lugar afetivo na minha memória. O caminhão parte com os móveis, coisas grandes e caixas pesadas. As plantas mais próximas – samambaia, mudinhas de primavera e minhas suculentas – couberam direitinho na geladeira. O cacto vai no carro. Ele cresceu da última mudança pra cá – tem seis anos agora, que nem eu no Brasil.

Mas nem tudo vai fazer a viagem de volta com a gente. A açucena fica, Morena também. Fez dezoito anos, terminou a escola, agora vai começar um ciclo novo: morar com uma amiga, faculdade ou cursinho. Traçar seu próprio caminho.

Tem coisas que mudam, outras continuam iguais. O sol continuará nascendo, a lua minguando e crescendo, as plantas murchando e florescendo, e o gato se escondendo – não quer saber de mudança.

Os vizinhos vêm se despedir.

— Para onde vão agora?

— Algodoal, uma ilha no Pará.

De repente, todo mundo conhece Algodoal; já dançou carimbó por lá, passava as férias de infância lá, numa fase hippie morou um tempo lá, e todos acham lindo lá. Na pequena vila de pousadas e pescadores, as ruas são de areia. Não há carros nem motos – tudo se faz a pé, de barco ou charrete. Lá, a luz chegou no início dos anos 2000 e a internet, dia desses. Come-se peixe fresco todos os dias. Tem uma princesa encantada que furta joias dos banhistas, uma lagoa de água preta, uma lenda de freiras afogadas e uma mangueira que dá tapas. Só acho que tudo isso vai render umas belas crônicas.

Nosso ciclo em Aldeia findou. Me despeço da casa, do quintal, da mata. Enfio o gato – não sem protestos – na caixa de transporte e a caixa no carro. E Chico... Chico abana o rabo e pula no banco traseiro, pronto para novas aventuras. Não sabe o que o espera daqui pra frente. Mas quem é que sabe, no fim das contas?

Epílogo

Quando se nasce na Alemanha, tem certas coisas que são difíceis de acontecer. Ter um bicho-preguiça no jardim, morar num condomínio horizontal – até hoje acho engraçado –, pegar dengue ou quase morrer atingida por uma vara de bambu são alguns exemplos.

Aqui em Aldeia, além de bichos-preguiça, convivi com cobras, caranguejeiras, quatis, cutias, capivaras, cágados, escorpiões, jacarés, lagartas e lagartixas, morcegos, porcos-espinhos, rãs, sapos, saguis, tejus, beija-flores, bacuraus, pica-paus, bem-te-vis, saíras, sabiás e muito mais – por vezes, dentro de casa. À beira do caminho: bambuzais, embaúbas, helicônias, orquídeas, açucenas, samambaias, pitangueiras, limoeiros, mamoeiros, mangueiras, jaqueiras, cajazeiras, cajueiros, jambeiros – alguns também no nosso quintal. Bicas, córregos, açudes e igarapés. E a mata abrigando esses pequenos e grandes milagres todos. Levarei tudo isso para sempre dentro de mim.

Depois de três anos levantaremos voo de novo. Sobrevivemos – até agora – à Pandemia, e foi um privilégio tê-la passado aqui, protegidas nesta bolha verde. Quase 700.000 brasileiras e brasileiros não tiveram a mesma sorte. Demasiadas vidas foram perdidas em vão.

A floresta também está em constante ameaça. Segundo imagens de satélite da Imazon (Instituto do Homem e Meio Ambiente da Amazônia), entre agosto de 2021 e julho de 2022, o desmatamento da Floresta Amazônica alcançou um novo recorde, o maior em 15 anos: 10.781 km^2 – sete vezes a cidade de São Paulo. Aqui na Mata Atlântica não é diferente. De acordo com a Fundação SOS Mata Atlântica, comparando as taxas de desmatamento de 2020 a 2021 com as de 2019 a 2020, houve um aumento de 66%, tornando-a o bioma mais devastado no Brasil. Restam apenas 12,4% do que um dia ela já foi. Alguns estudos são mais pessimistas ainda: falam de 7%.

Só aqui em Aldeia existem, atualmente, no mínimo dois projetos de grande impacto ambiental: a construção de um arco viário para desviar o tráfego pesado da BR – mandando os caminhões floresta adentro – e a construção de uma escola de sargentos: 24 prédios com mais de 500 apartamentos, vila olímpica e parque de tiros. Tudo isso no meio de uma área protegida – teoricamente – por lei. Numa área onde nascem os rios que fornecem água para os habitantes do Grande Recife. Quem vai sofrer as consequências, além da flora e fauna, é o próprio ser humano.

Os ataques contra a mata são também ataques contra a humanidade, contra o nosso futuro. Não foi por acaso que dediquei este livro à floresta e a todos os seres e espíritos que dela cuidam. Precisamos, urgentemente, protegê-la. Seja na linha de frente, seja na linha de trás ou mesmo entre as linhas.

Resta, por fim, aquela pergunta: qual é o meu papel na luta? Você o tem em mãos.

Agradecimentos

O processo da escrita até pode ser um ato solitário, mas um livro inteiro não se faz só. Muitas pessoas ajudaram, de uma forma ou outra – algumas segurando a caneta comigo, outras nos bastidores – para que este projeto se fizesse realidade. Sem a Larissa eu não teria vindo morar aqui, então meu primeiro agradecimento vai para ela. E também o segundo e o terceiro, por dar um lar ao meu coração e ser sempre minha primeira leitora.

Falando em primeiras leituras, agradeço às minhas leitoras e leitores beta – todos eles escritores também: Andréa Agnus, Bruno de Andrade, Giselle Fiorini Bohn, Josi Siqueira, Marta Viana, Patrícia Baldez, Paulo Malburk, Ponciano Correa e Zélia Sales. Também ao cronista Anthony Almeida pelas trocas sobre este nosso gênero preferido.

Um obrigado especial a todos os Gustavos, Josués, Miguéis, Brendas, Rãmundas, às cobras, lagartas-de-fogo (ou não), capivaras, cutias, aos quatis, timbus, saguis e passarinhos por todas as vezes que me presentearam com sua presença. E também ao Saci, claro! (Ele está bem ali, acenando para mim enquanto escrevo estas linhas.) E como poderia não mencionar o Chico? Sem os passeios com ele a toda hora, nem metade destas crônicas teria acontecido!

Obrigada também à editora Aboio por abraçar este projeto, a Leopoldo Cavalcante pela capa, a Sylvia Siqueira pelo texto na contracapa, a Lírio Dannti pelas ilustrações, a Giselle Fiorini Bohn, Marcela Roldão e Zélia Sales pela revisão. A minha psi, Beatriz Maia, por estar junto no tal do processo e segurar a onda nos tempos de chuva. A Morena pelas tardes doces na varanda (toda escritora mereceria uma enteada boleira). A Karla por nos aceitar na sua casa. Aos vizinhos pelas marmotas de cada um. A Érika, Edjan, Wellington, Lourenço, Valter, Sandro e aos Fernandos pelas conversas sobre cobras e afins.

E não posso finalizar sem mandar um abraço grato a quem sempre está aí para as crônicas da literatura e da vida, ora humorísticas, ora sérias ou melancólicas: o Tear de Histórias, coletivo de cronistas nordestinas, do qual faço parte desde 2019, e os participantes das Andanças Literárias, o grupo de leitura crítica mais divertido do mundo.

Também quero agradecer imensamente a você que me leu até aqui. Obrigada pela companhia e leitura.

E, por fim, obrigada ao tatu, que criou este cenário todo, este lugar mágico que chamamos de Terra.

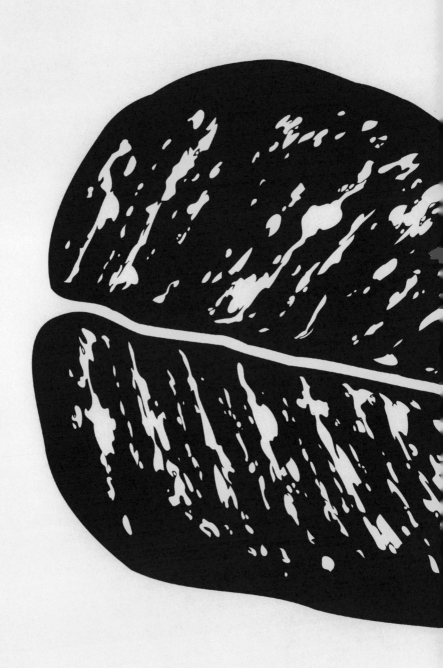

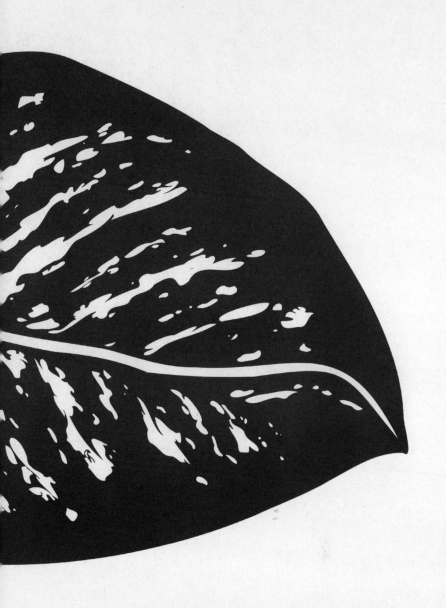

Cara leitora, caro leitor

A **Aboio** é um grupo editorial colaborativo.

Começamos em 2020 publicando literatura de forma digital, gratuita e acessível.

Até o momento, já passaram pelos nossos pastos mais de 500 autoras e autores, dos mais variados estilos e nacionalidades.

Para a gente, o canto é conjunto. É o aboiar que nos une e que serve de urdidura para todo nosso projeto editorial.

Valorizamos cada doação e cada apoio.

São as leitoras e os leitores engajados em ler narrativas ousadas que nos mantêm em atividade.

Nossa comunidade não só faz surgir livros como o que você acabou de ler, como também possibilita nos empenharmos em divulgar histórias únicas.

Portanto, te convidamos a fazer parte do nosso balaio!

Todas as apoiadoras e apoiadores das pré-vendas da **Aboio**:

—— têm o nome impresso nos agradecimentos de todas as cópias do livro;

—— são convidadas a participarem do planejamento e da escolha das próximas publicações.

Entre em contato com a gente pelo nosso site **aboio.com.br** ou pelas redes sociais para ser um membro ativo da comunidade **Aboio** ou apenas para acompanhar nosso trabalho de perto!

E nunca esqueça: **o canto é conjunto.**

Apoiadoras e apoiadores

Não fossem as 147 pessoas que apoiaram nossa pré-venda, divulgaram a obra ou assinaram nosso Clube Aboio durante os meses de fevereiro e março de 2023 pela plataforma Catarse, este livro não teria sido o mesmo. A elas, que acreditam no canto conjunto da Aboio, estendemos os nossos agradecimentos.

Adriane Figueira
Aliedson Lima
Aline Mendes Viana
Ana de Santiago
Ana Laura Oliveira
Andréa Agnus
Anna Carolina Rizzon
Anthony de Padua
    Azevedo Almeida
Antônio Ferreira
Antonio Regenildo
    Almeida Paiva
Beatriz Borges
Beatriz França
Beatriz Nogueira Caldas
Braulio Moura da Silva
Bruno de Andrade Paula
Cacilda Capozzoli
Caco Ishak
Caio Dany Scarpitta
Caio Leonardo Brito de Sousa

Caio Narezzi
Calebe Guerra
Camila do Nascimento Leite
Carlos Antonio
    Fontenele Mourão
Carolina Nogueira
Cintia Brasileiro
Clauco Gilvaney
    Sant'Ana de Oliveira
Cleber da Silva Luz
Cornelia Bauer
Cristina Machado
Daniel Guinezi
Daniel Leite
Danilo Brandao
Denise Lucena Cavalcante
Denise Santana
Diana Penante
Diogo Vasconcelos
    Barros Cronemberger
Eduardo Henrique Valmobida

Eduardo Viana
Enio Lima
Erica Maria
Erika Dias de Araújo
Eugénia Correia
F. Anton
Fabrício Crepaldi Corsaletti
Febraro de Oliveira
Fernanda Caleffi Barbetta
Frederico da Cruz Vieira de Souza
Gabriela Machado Scafuri
Gael Rodrigues
Giovanna Reis
Giselle Fiorini Bohn
Giulia Morais de Oliveira
Guilherme da Silva Braga
Henrique Emanuel
Henrique Inojosa Cavalcanti
Icaro Ferraz Vidal Junior
Ivo Minkovicius
Jaqueline Fraga
Jheyscilane Cavalcante
Joana Figueiroa
João Luís Nogueira
Josiane Borraschi Siqueira
Joy Seidl
Juliana Barroso Brandão
Juliana Marques Silveira
Juliane Carolina Livramento
Jung Youn Lee
Kelly Garcia

Larissa Chagas Gomes
Larissa Saldanha Rodrigues
Laura Redfern Navarro
Leonardo Maliszewski
Leticia Oliveira
Lícia Mayra
Lolita Beretta
Lorenzo Cavalcante
Lucas Verzola
Luciana Braga
Luciana Ladeira
    Vannucchi de Farias
Luciano Alvarez
Luciano Cavalcante Filho
Luis Felipe Abreu
Luís Fernando Amâncio
Luísa Machado
Manoela Machado Scafuri
Manuela Veras
    Menezes da Silva
Mapa Editorial
Marcel Nolasco
Marcela Monteiro
Marcela Roldão
Márcia Almeida da Cunha
Marcia Luisa
    de Campos Gardin
Marco Bardelli
Marconi Chaves
Marcos Vinícius Lima
    de Almeida

Maria Alice
de Oliveira Morim
Maria de Fátima
Marques Pinto
Osório de Castro
Maria Inez Frota
Porto Queiroz
Maria Paula Coelho
Maria Rosa
Saldanha Rodrigues
Maribel Vazquez
Marina Costa
Marina Grandolpho
Marina Lourenço
Mateus Torres Penedo Naves
Mauro Paz
Michalina Brasch
Mikaelly dos Santos
de Andrade
Milena Maria Cavalcante Testa
Mônica Silveira
Morena Rosa
Natália Zuccala
Natascha Remmert
Neila Ribeiro Franco
Nílbio Thé
Noêmia de Carvalho Lima
Noêmia de Freitas Guimarães
Patricia Baldez Américo
Paula Giannini
Paulo Antonio Albuquerque

Paulo Henrique Passos
Paulo Scott
Pedro Jansen
Pedro Torreão
Pietro Augusto
Gubel Portugal
Rebeca Novaes
Roxana Carmona Viveros
Sabine Reiter
Samara Amaral
Câmara Zeppetella
Sandra Fontenelle
Sara Klust
Sergio Mello
Sérgio Porto
Sol Gonzalez
Susy Anne
Suyá Carneiro Lóssio
Taciana Maria de Oliveira
Terezinha Malaquias
Thassio Gonçalves Ferreira
Thiago Noronha
Valdir Marte
Vitória Aguiar
Weslley Silva Ferreira
Wilson Ponciano Junior
Yandra Rebouças Lôbo
Zé Danda
Zélia Maria Sales Ribeiro

Yvonne Miller (*1985) é natural de Berlim, mas prefere o calor do Nordeste brasileiro, onde mora desde 2017 com sua esposa, enteada, gato e cachorro. Alemã de nascença, brasileira de alma, apaixonada pela crônica, linguista, admiradora de cactos, geminiana e muitas coisas mais.

Tem textos publicados em várias antologias – como *Paginário* (Aliás, 2019), *A Banalidade do Mal* (Mirada, 2020), *Histórias de uma quarentena* (Holodeck, 2021), *Crônicas de uma Fortaleza obscena* (Territórios, 2021), *Prêmio de Literatura Unifor 2021: Crônicas* (Unifor, 2022), *Amores e Lendas* (Tubo, 2022), *Fraturas: Antologia de Contos 2º Concurso Literário Pintura das Palavras* (2022), *Tinha que ser mulher* (2022), *Abraçar e resistir: vozes feministas* (Libertinagem, 2023) – e é uma das organizadoras e coautora da coletânea de contos cearenses *Quando a maré encher* (Mirada, 2021).

Na vida real, é mestre em linguística e preparadora de livros didáticos.

Foto: Thaís Vieira

EDIÇÃO Leopoldo Cavalcante
REVISÃO Giselle Fiorini Bohn
        Marcela Roldão
        Zélia Sales
COMUNICAÇÃO Luísa Machado
ILUSTRAÇÃO DO MIOLO Lírio Dannti
ILUSTRAÇÃO DA CAPA William Swainson
CAPA E PROJETO GRÁFICO Leopoldo Cavalcante

Copyright © Aboio, 2022
Deus criou primeiro um tatu: crônicas da mata © Yvonne Miller, 2022

Grafia atualizada segundo o Acordo Ortográfico da Língua Portuguesa de 1990, que entrou em vigor no Brasil em 2009.

Dados Internacionais de Catalogação na Publicação (CIP)
Aline Graziele Benitez — CRB-1/3129

Miller, Yvonne
    Deus criou primeiro um tatu : crônicas da mata / Yvonne Miller. -- 1. ed. -- São Paulo: Aboio, 2022.

    ISBN 978-65-998350-6-3

    1. Aldeia dos Camarás (PE) – Brasil 2. Crônicas brasileiras 3. Relatos de experiência I. Título.

22-139640 CDD-B869.8

Índices para catálogo sistemático:
1. Crônicas autobiográficas : Literatura brasileira B869.8

[2022]

Todos os direitos desta edição reservados à:
ABOIO
São Paulo — SP
(11) 91580-3133
www.aboio.com.br
instagram.com/aboioeditora/
facebook.com/aboioeditora/

[1º reimpressão, outubro de 2023]
[Primeira edição, dezembro de 2022]

Esta obra foi composta em Adobe Text Pro.

O miolo está no papel Polén Natural 80g/m^2.

A tiragem desta edição foi de 300 exemplares.

Impresso pela Hellograf.